취향
살림을
'삶'
니
다

서인경 글·사진

취향 살림을 '삶'니다

팜파스

딱히 글 쓰는 재주가 있어 글을 쓰려던 것은
아니다. 막연하게 '글 쓰는 사람'이 되면 좋겠다 생각했고, 공부를
많이 하면 글 쓰는 일을 할 수 있지 않을까 하는 얼토당토않은 생
각에 빠져 보통보다 조금 더 많이 공부했다. 그사이 수많은 글을
썼지만 달가운 글은 하나도 없었다. 논문, 보고서, 논문, 보고서….
'이런 글을 쓰려던 것이 아니었는데…' '얼토당토않은 생각만 하는
나란 사람이 그렇지 뭐…'라며 스스로를 자책했다.

어느 순간 몸과 마음이 무너져 매일매일 울고 있는 나를 발견했
다. 돌아갈 곳도 머무를 곳도 나아갈 곳도 없는 나의 처지에 당황
했고 그래서 방황했다. 박사라는 타이틀을 손에서 놓기만 하면 나

는 평범한 주부로 돌아갈 수 있었다. 누군가는 그것을 회피라 했지만, 회피하면 좀 어떤가. 주부가 되면 돌아갈 집과 머무를 집과 나아갈 집이 생겨 무너진 몸과 마음을 일으켜 세울 수 있을 것만 같은데…. 그렇게 나는 주부가 되기로 결심했다. 하던 일을 하나씩 둘씩 거두고 한참을 돌고 돌아 드디어 집에 도착했다.

하루, 이틀, 한 달, 1년이 넘도록 그동안에 누리지 못했던 혼자만의 시간을 보냈다. 전공 책에 파묻혀 있느라 전에는 잘 읽지 못했던 소설, 시, 에세이를 읽었다. 음악 소리에 집중력이 흐려지는 탓에 연구실에서는 듣지 못했던 여러 장르의 음악을 찾아들었다. 오랫동안 몸을 혹사시킨 터라 신경에 약간 문제가 생겨 재활을 위한 운동을 시작했다. 책을 읽고 음악을 듣고 운동을 하는, 일상적이지만 나에겐 일상적이지 않았던 이상적인 일상을 찾아가는 그 시간들이 참 좋았다. 잊고 지냈던 집에서의 완전한 자유이자 집이 주는 따뜻한 위로였다.

그즈음 우연히 집과 일상의 이야기를 SNS에 끄적이기 시작했다. 생각의 조각을 긁어모아 줄글을 만들면, 나의 어지러운 마음 역시 제자리를 찾아가는 것만 같아 기분이 좋았다. 갑작스레 연거푸 찾아온 에세이 출간의 기회. 이리둥절함에 취해 모두를 놓칠세라 그중 하나의 기회를 덥석 잡아버렸다. 그리고 곧바로 드는 생각, '그런데 나란 사람이 에세이를 써도 되는 걸까?'

예전의 나였다면 단호히 "아직은 안 돼. 준비가 덜 됐잖아."라고 자답했을 게 분명했다. (도대체 과거의 나는 무얼 그리도 열심히 준비했던 걸까. 후~유) 하지만 지금의 나는 "일단 한번 해보고 싶어."라고 웅얼거릴 정도의 용기가 생겼다. 책을 한 권 낸다고 해서 갑자기 어엿한 작가가 되는 것은 아니겠지만, 책을 완성하는 동안만큼은 '글 쓰는 사람'이 될 수 있다는 생각에 가슴이 오래도록 쿵쾅거렸다. 《취향 살림을 '삶'니다》는 그렇게 시작된 나의 첫 책이다.

세상은 내게 꿈을 크게 가지라고 가르쳤지만, 큰 꿈을 갖지 않는다고 해서 삶이 무의미한 것은 아니다. 세상은 누군가의 화려한 삶에만 스포트라이트를 비추지만, 화려하지 않은 나의 삶이 빛나지 않는 것도 결코 아니다. 나는 이제 큰 꿈으로 일궈낸 화려한 삶보다, 작은 꿈 여러 개를 번갈아 일구며 반들반들 윤이 나는 삶을 살고 싶다. 적당히 좋아하는 것을 즐기고, 제법 넉넉한 살림을 살 줄 아는 삶. 그것을 내 맘껏 취향 살림이라 부르며, 주부로서 그리고 글을 쓰는 사람으로서 새로운 인생 2막의 삶을 시작하려고 한다.

목
차

PART 1

취
향

01
___

요즘은 노란색을 좋아합니다

좋아하는 것에 마음이 기우는 것이 '취향'이라지만, 좋은 것도 많고, 좋아하는 것도 많고, 좋은 척해야 하는 것도 많은 복잡한 세상에서 내 취향을 온전히 파악해 그것을 드러내며 산다는 것은 말처럼 쉬운 일이 아니다. 그럼에도 세상은 남을 의식하지 말고 자신의 취향껏 살라고 한다. 취향이 뭔지 잘 모르겠는데 취향껏 살라니. 취향 없이 사는 삶이 이상해 보이기 십상인 요즘이다.

살림을 산 시간의 겹이 두터울수록, 시시각각 변하는 시절의 유행과 시시때때 바뀌는 변덕스러운 마음 탓에 하나의 취향으로 일관된 살림을 살기는 더욱 힘들어진다. 신혼 초엔 스테인리스 냄비가 유행이더니, 지금은 주물냄비가 유행이다. 한때는 어두운 톤이 좋더니, 지금은 밝은 톤이 좋다. 나도 모르는 새에 유행과 끌림은 늘 변하기 마련이다.

나는 심플한 것을 좋아하지만 아기자기한 것들도 좋아한다. 주로 무채색을 선호하지만 때로는 강렬한 색감에 마음을 빼앗기기도 한다. 단조로운 패턴을 좋아하지만 복잡한 패턴이 좋아 보일 때도 있다. 좋아하는 것이 다양하다는 것은 그만큼 많은 것을 보고, 듣고, 경험하며 살고 있음을 보여준다. 수십 년의 삶을 살고 있는 보통의 사람들이 다양한 취향을 갖는 것은 지극히 당연한 일. 따라서 다양한 취향의 것들이 서로 화음을 이루지 못할지라도 필요에 의해, 때로는 충동적으로, 가끔은 분위기에 휩쓸려가며 여러 가지 것들을 소비하는 내 모습을 있는 그대로 받아들일 수 있어야 한다.

그런데 이를 어쩐담. 다양한 취향을 뒤섞어 사는 것도 좋지만 이왕이면 하나의 취향으로 일관된 나만의 살림을 살고 싶다. 여러 취향이 각자도생하지 않고, 하나의 분위기를 냈으면 좋겠다. 취향 있는 주부로 보일 수 있도록 살림살이의 불협화음 속 화음 찾기를 할 때가 온 것이다. 그렇게 나는 살림을 디자인한다.

모두의 삶 속에서 취향을 찾기 위한 여지는 이미 충분하다. 우선 갖가지 살림살이 가운데 공통된 특성을 갖는 것끼리 한데 모아보는 것으로부터 취향 찾기를 시작할 수 있다. 시각적 어울림을 찾기 위해 '통일'이라는 디자인의 기초 원리를 이용하는 것이다. 시작은 무척 간단하다. 가족이 서로 닮아 있듯, 개별적인 살림살이의 닮은꼴 기준을 찾아주기만 하면 된다. 컬러, 소재, 형태 그 무엇이든 상관없지만, 우선 컬러 취향부터 찾아보자. 컬러의 통일은 가장 손쉽게 살림 화음을 찾을 수 있는 방법이다.

몇 년 전, 우연히 이삿짐을 정리하다 집에 노란색 물건이 여러

개 있음을 알아챘다. 분명 나는 파란색을 좋아했는데, 어찌 된 일인지 집에 파란색 물건이 거의 없다. 그러고 보니 어른이 된 후로 쭈~욱 어떤 물건이든 파란색에 끌렸던 적이 없었다. 아마도 좋아하는 컬러가 바뀐 것 같다. 미술학도였던 내가 좋아하는 컬러가 바뀐 줄도 모르고 무던히 오랜 세월 잘 살아왔음이 놀라울 따름이다.

내친김에 집에 있는 노란색 살림살이를 모두 모아보았다. 노란색 타이머, 노란색 꽃, 노란색 컵, 노란색 가위, 노란색 테이블, 노란색 바구니, 노란색 계란 홀더, 노란색 스툴 등 노란색 물건의 가짓수가 꽤 많았다. 용도도 모양도 크기도 전부 다른 살림살이들이지만 같은 색을 기준 삼아 모두 모아놓고 보니 서로 제법 잘 어울린다. 무채색(White, Black, Gray)을 좋아하는 까닭에 색이 있는 물건은 늘 관심 밖의 대상이었음에도, 무의식적으로 노란색에 끌리고 있었다는 사실이 무척이나 흥미로웠다. 왠지 노란색이 내 취향을 드러내는 컬러인 것만 같았다.

그렇게 나는 스스로 노란색 덕후가 되었다. 집에 다양한 컬러의 살림살이들이 있지만, 대개 노란색 살림을 밖으로 내어놓고, 다른 색상의 살림은 보이지 않게 넣어두는 편이다. 기존 살림에서 노란색이라는 닮은꼴을 찾아낸 이후, 물건을 살 때 색상 선택이 한결

수월해졌다. 마음에 드는 색이 여럿일 때, 그 가운데 노란색이 포함되어 있는 경우라면 가급적 노란색을 선택한다. 취향을 담은 컬러 선택은 실패 확률이 낮다. 그렇게 재작년엔 노란색 스피커를, 작년엔 노란색 의자를 살림으로 추가했다.

취향이란, 이미 어떤 것이 내 삶의 일부가 되어 있음을 의미한다. 때문에 취향 있는 삶을 살기 위해서는 나의 숨은 취향을 찾아내는 것이 그 무엇보다 중요하다. 살림살이를 숱하게 더하고 빼내는 와중에도 삶의 일부가 되어 있던 '나만 몰랐던 나만의 취향'을 발견한 이후, 전보다 더 살림살이 하나하나에 애정을 쏟게 되었다. 때문에 새로 들일 살림을 아무거나 허투루 고를 수 없다. 이젠 물건을 고를 때 기존 것들과의 어울림을 살피는 생각의 여유를 갖는다. 어울림을 살피는 여유는 지금 고른 물건이 내게 꼭 필요한 것인지를 다시 한번 생각하게 만드는 선택의 신중함도 키워준다.

취향 있는 살림이란 이런 것이다. 아주 작은 것일지라도 무언가를 내 삶의 일부로 받아들일 때에 갖는 조심스러움. 아마도 그것이 취향 담긴 살림을 사는 개인의 안목이 될 것이다. 지금 당장 닮은꼴 살림살이를 찾아보자. 컬러 취향을 찾았다면, 다음엔 소재 취향을 찾아볼 차례. 살림살이의 닮은꼴을 찾는 세심한 관찰이 모두

에게 취향 발견의 지름길을 제공할 것이다. 이제 어떤 취향을 가지고 살지 고민하지 말자.

취향은 이미 내 삶 속에 숨어 있는 것!

02
___

명품（名品）

이것은 샤넬, 에르메스, 루이뷔통에 관한 이야기가 아니다. 이것은 우리에게 잘 알려지지 않은 명인(名人) 할아버지에 관한 이야기이자, 그다지 관심 가지 않는 어떤 물건에 관한 이야기다.

지지난해 봄, 하필 봄비가 억수같이 쏟아지던 그날, 왕복 300km의 장거리 운전을 혼자 하겠다며 부랴부랴 집을 나섰다. 오전 내 소파에 누워 있다가 왜 갑자기 그곳에 갈 마음이 일었는지 정확히 기억나진 않지만, 그 순간 꼭 그곳에 가야 될 것만 같은 기분이 들었던 것만은 분명했다. 그렇게 내비게이션이 안내한 그날의 목적지는 충청북도 제천에 있는 '광덕빗자루 공예사.' 나는 빗자루를 사기 위해, 시속 120km의 속도로 비 오는 고속도로를 내달렸다.

"잠깐만, 빗자루? 먼지 쓰는 그 빗자루?"
"네, 맞아요. 먼지 쓰는 빗자루요."

그곳에 가면 빗자루 명인(名人) 이동균 할아버지를 만날 수 있다. 그 옛날 할아버지의 할아버지로부터 빗자루 만드는 법을 배워 70년 가까운 세월 동안 빗자루만 만드셨다는 할아버지. 70년 내공이 담긴 할아버지의 빗자루는 한눈에 보기에도 남다른 모양새와 부드러움을 지녔다.

단 돈 만 원이 채 되지 않는 중국산 빗자루가 넘쳐나고, 그마저도 고성능의 청소기에 밀려 빗자루 보기가 어려운 요즘 세상에, 한낱 빗자루 따위의 전승자가 있을 리 없다. 때문에 지난여름, 팔순이 훌쩍 넘은 할아버지는 할머니(할아버지의 아내)와 함께 직접 산과 들에서 갈대를 꺾어와 소금물에 끓여 말리고, 겨우내 빗자루를 만들기 위한 재료 준비를 했을 것이다. 할아버지의 고된 빗자루 외길 인생, 그것은 우리 같은 도시 사람들은 상상조차 하기 어려운 일이었다.

　　세월이 흐르고 시대가 바뀌어 더는 이 시대에 어울리지 않는 옛것들이 늘어만 가는 요즘. 우리의 외면이 수많은 전통을 잊게 하고, 유행을 좇는 일회성 소비가 생활 속 명품을 사라지게 만드는 것은 아닌지. 누구의 잘못도 아니지만, 왜인지 우리의 실수인 것만 같아 마음이 무겁다. 오래지 않아 더는 할아버지의 빗자루를 볼 수 없게 될 지 모른다. 이번 봄, 더 늦기 전에 다시 한번 그곳에 찾아가 할아버지의 빗자루 몇 개를 챙겨둬야 할지도….

　　빗자루는 내가 아주 오래전부터 좋아하는 물건들 중 하나였고, 이제 할아버지의 빗자루는 내가 가장 아끼는 살림살이 중 하나가 되었다. 아마도 한 자루의 빗자루에 할아버지의 인생이 고스란히 담겨 있음을 알게 되어 더 소중히 위하는 마음이 생겼을지도 모른다.

빗자루는 먼지나 쓰레기를 쓸어내는 생활도구일 뿐이지만, 흔히 '비질'이라고도 불리는 '빗자루질'은 복을 비는 행위와도 연결된다. 액운은 몰아내고 복을 거둬들인다는 전통적 믿음. 때문에 예부터 우리 조상들은 새해 첫날, 아침에는 안쪽에서 바깥쪽으로 비질을 해 액운을 날려 보내고, 저녁에는 바깥쪽에서 안쪽으로 비질을 해 복을 쓸어 모았다고 한다. 할아버지의 빗자루를 집에 들인 지 벌써 두 해. 작년에 이어 올해에도 새해 첫날 창문을 열어 쓰윽쓰윽 비질을 해두었다.

빗자루 청소가 주는 매력은 여러 가지다. 라디오 소리를 들으며 바닥 청소를 할 수 있고, 걸레받이 윗면 좁은 틈에 쌓인 먼지를 털어낼 수도 있고, 꼬여 있는 전선이나 방구석 틈에 숨은 먼지뭉치도 쏙쏙 빼낼 수 있다. 아무리 성능 좋은 청소기라도 청소기의 소음은 라디오 소리를 삼켜버리고, 기능성 헤드로 갈아주지 않으면 못하는 일들 투성이다. 청소기는 순식간에 하루의 흔적을 삼켜버리지만, 빗자루는 모아진 먼지 속에서 하루의 흔적을 엿볼 수 있게 하고 바닥에 떨어진 티끌도 한때는 모두 서사가 있었다는 사실을 상기시켜준다.

가끔은 청소기 대신 빗자루로 먼지 청소를 해보는 건 어떨까.

잘 엮어진 갈대털이 바닥에 닿아 스르르 미끄러지는 느낌이 얼마나 부드럽고 포근한지 모른다. 거실, 주방, 침실 구석구석을 빗자루로 꼼꼼히 쓸어낼 때면 먼지와 함께 오래도록 쌓여 있던 마음의 크고 작은 응어리도 모두 날아가는 기분이 들어 마음이 한결 가벼워진다.

몇 달 전, 우연히 S백화점 강남점에서 할아버지의 빗자루를 보았다. 값비싼 수입 생활용품들과 함께 걸려 있던 할아버지의 빗자루. 가히 우리나라 빗자루 명인이 만든 명품 빗자루다운 면모였다. 아마도 장사 수완이 좋은 누군가 할아버지의 빗자루를 엄선해 고급 백화점에 들였을 것이다. '할아버지도 이 사실을 알까? 할아버지가 알고 계시면 참 기뻐하실 텐데….'

나는 샤넬백은 없지만, 명품 빗자루는 가지고 있다. '뛰어난 물건'이란 뜻을 지닌 '명품(名品)'이란 단어가 진정 쓰여야 할 곳은 해외 고급 브랜드(Luxury brand)가 아닌 할아버지의 빗자루 같은 물건일 것이다.

03
———

유리
살림

지난 주말, 집에서 멀지 않은 곳에 위치한 생활용품 편집숍에 들러 커피잔 세트를 샀다. 손잡이가 달린 원통형 모양의 컵과 그것을 받칠 수 있는 평평한 컵받침은 모두 유리로 된 것이었다. 얇은 유리로 만들어진 커피잔이 무척이나 가볍고 매끈해 마음이 끌렸다.

집으로 돌아와 커피잔을 씻어 말려 그릇장에 넣으려 봤더니 그간 유리 살림이 꽤 많이 늘었다. 커피나 주스 같은 액체류를 담아내는 컵 종류가 대부분이었지만, 무언가를 섞거나 개는 데 사용하는 보울 종류도 여러 개 있다. 과일이나 쿠키를 얹어낼 수 있는 접시와 요리할 때 쓰는 계량컵도 전부 유리로 된 것들. 그러고 보니 잼과 장아찌류를 담아내는 밀폐용기와 술병으로 쓰는 피처 모두가 유리 살림이었다.

어라! 그런데 신기하게도 그릇장 안 유리 살림 전부 색이 없는 무색투명한 것들뿐이다. 색이 들어간 유리 살림이 하나도 없다니, "내가 이토록 무색의 맑고 투명한 것을 좋아했었나?" 스스로에게 물어보고 싶었을 정도. 무의식적 끌림이 만들어낸 또 하나의 취향을 발견한 순간이었다.

사실 유리 제품에 관심이 기울기 시작한 것은 그리 오래되지 않왔다. 두어 해 전 우연히 블로잉 기법(액화 상태의 유리를 파이프 끝에 말아 입으로 직접 불어 모양을 만드는 유리가공 방법)으로 만들어진 유리 제품에 빠져 몇몇 제품을 구입한 이후 유리 살림에 대한 관심이 커졌는지도 모르겠다. 찰나의 부풀림으로 제각각 다른 모양이 만들어지는 블로잉 유리는 공장에서 찍어내는 유리 제품과는 비교도 할 수 없는 멋이 났고, 난생처음 유리로 만들어진 무언가가 아름답다고 생각했다.

유리 살림의 매력은 무엇보다 속을 훤히 비춰볼 수 있는 투명함에 있다. 특히 무색투명한 용기에 어떤 것을 담아내느냐에 따라 여러 색깔의 옷으로 갈아입을 수 있는 무한한 변화의 가능성을 품고 있어 아름답다. 여기에 더해 내가 꼽는 유리 살림의 매력은 다름 아닌 (유리의 단점이기도 한) 깨지는 성질을 지녔다는 것. 유리는 함부로 다루면 쉽게 깨어질 수 있는 까닭에 모두에게 자신을 소중히 다뤄줄 것을 당당히 요구하고, 누군가의 부주의로 깨져버린 경우 자신을 함부로 다룬 이에게 마지막까지 앙칼진 뾰족함으로 응수를 한다. 이토록 스스로 엄격하고 빛나는 살림살이가 또 있을까.

시인 김소연은 책『마음사전』의 시작을 유리에 관한 이야기로 이어간다. 가려내는 동시에 보여줄 수 있는 '유리'라는 물체를 만

GLASS FAMILY

들어낸 건, 세상을 오롯이 두 가지 구분지로만 나눌 수 없는 인간의 복잡 미묘한 마음 때문이었을 거라던 시인의 헤아림으로 무색투명한 유리살림의 매력을 한층 더 깊이 생각해 볼 수 있을 것만 같다.

유리 살림은 함부로 다룰 수 없어 소중하다. 유리 살림은 가린 듯 그 안을 훤히 볼 수 있어 진실하다. 유리 살림은 티끌 하나 없는 재료의 투명함이 있어 근사하다. 때문에 나는 아직까지 유리 살림을 좋아하지 않을 이유를 단 하나도 찾지 못했다.

04

가벼운 것에 관하여

몇 해 전 소파 옆에 둘 작은 테이블을 하나 샀다. 'DLM(Don't leave me:나를 두고 가지 말아요)'이라는 애처로운 이름을 가진 작고 동그란 테이블이었다. 삐죽 손잡이가 달려 있어 한 손으로도 가뿐히 들 수 있는 디자인으로, 이름처럼 어느 한 곳에 두지 않고 들고 다니며 사용했더니 소파 옆, 침대 옆, 책상 옆 여기저기에 쓰임이 다양했다. 가구도 한 곳에 머무르지 않고 옮겨 다닐 수 있는 것임을 알게 해준 고마운 테이블. 이후부터 가벼운 가구가 좋아지기 시작했다. 혼자서도 번쩍 들어 올리거나 작은 힘으로도 쭉쭉 밀어 옮길 수 있는 그런 가구들 말이다.

큰 집, 작은 집을 번갈아 가며 여러 번 이사를 다니다 보니 때에 맞는 살림 구색을 갖추느라 (크고) 무거운 가구, (작고) 가벼운 가구가 뒤섞여 늘어났다. 문제는 작고 가벼운 가구를 큰 집에 둘 수는 있어도 크고 무거운 가구를 작은 집에 두기란 몹시 곤란했다는 것. 잦은 이사에 결국 가구 다이어트를 하기로 결심했다. 나 혼자만의 힘으로 옮기지 못하는 것들은 모두 다이어트의 대상. 그렇게 6~7년에 걸쳐 무거운 가구를 하나둘씩 줄여나갔다.

결혼 준비를 할 때면 으레 (나~중을 생각해) '이건 이렇게, 저건 저렇게' 인생 선배들의 현실적(?) 조언에 따라 혼수를 장만하기 마

런이지만, 결혼해 살아보니 그들의 현실과 나의 현실이 같을 리 없었다. 나의 현실은 내가 사는 지금 이 순간일 뿐. 때문에 미리부터 큰 집 살림을 준비할 필요가 전혀 없었다. 살림을 사는 데에는 어른들의 현실보다 나의 현실이 더 중요하다는 사실을 뒤늦게 깨달았다.

그 사이 거실 벽면과 서재를 가득 채웠던 책장, 두 대의 PC를 거뜬히 올릴 수 있던 책상, 6인용 식탁, 둘이 들기도 벅찼던 콘솔형 화장대, 서랍장, AV 장 등 크고 무거운 가구 여러 개를 없앴다. 대신 침대, 소파, 식탁 같은 것들은 전에 쓰던 것보다 작고 가벼운 것들로 교체했다. 무거운 것들이 빠져나간 자리마다 공간의 여유가 생겨났고, 여유를 품은 공간이 좋아 다시금 무언가를 채워 넣을 마음은 먹지 않았다. 그렇게 요요 없는 가구 다이어트에 성공했다.

요즘은 퀸 사이즈 침대 대신 싱글 사이즈 침대를 사용한다. 새로 바꾼 침대는 크기도 작고 프레임도 없는 단순한 구조라 일반적인 싱글 침대보다도 가볍다. 가벼운 침대는 혼자 힘으로 자리를 옮기기도 쉽고, 매트리스를 번쩍 일으켜 세워 햇빛 살균을 시키기도 쉽다.

이제 더는 집에 나 혼자 옮기지 못할 가구는 없다. 가벼운 가구는 크기까지 작은 것들이 많아 작은 집에서도 자유롭게 가구 배치를 할 수 있어 좋다. 언제고 기분에 따라 가구를 이리저리 옮겨보는 것 역시 취향 살림을 살 수 있는 또 하나의 방법이다.

인생을 조금 살아보니 몸무게도 마음무게도 무거워서 좋을 건 하나도 없더라. 적당히 밥을 먹고 적당히 근심을 뱉어낼 줄 알아야 몸무게도 마음무게도 가벼워질 수 있는 법. 신기하게도 삶을 가볍게 사는 이치는 살림을 가볍게 사는 이치와 늘 뜻이 통한다. 물건을 적당히 채우고 무게를 적당히 덜어낼 줄 아는 살림이 한결 가벼운 삶을 살 수 있게 한다는 사실을 이제야 조금씩 알아가는 중이다.

05

하얀색 두루마리 휴지

이사를 하고 얼마 되지 않아, 집에 놀러 온 친구가 말했다.

"왠지 네가 쓰는 휴지가 따로 있을 것 같아서 휴지는 안 사 왔어."

놀랍다. 어떻게 알았을까. 그렇다. 나는 하얀색 두루마리 휴지만 사용한다. 휴지에 점점이 수놓인 패턴까지 꼭 하얀 것으로. 혹여 어딘가에 색깔이 들어간, 꽃 내음 폴폴 나는 두루마리 휴지를 선물 받기라도 하면 사용하는 내내 휴지에 대한 불만을 늘어놓기 일쑤다.

화장실에서 사용하는 휴지가 좋아 봤자 얼마나 좋을 것인가. 때문에 두껍고 부드럽고 먼지 덜 나는 것이 제일이란 걸 잘 알고 있음에도 내게 있어 휴지는 분명 하얀색 휴지가 제일이다. "휴지 그게 뭐라고. 거참, 피곤하게 사네"라고 할 수 있다. 충분히 그럴 수 있다. 그런데 별 수 있나. 별것도 아닌 두루마리 휴지 색깔조차 신경 쓰이는 게 나란 사람인 걸.

어릴 적 들었던 무서운 이야기는 왜 하필 휴지 색깔로 어린아이들의 공포심을 자극했을까. '빨간 휴지 줄까. 파란 휴지 줄까'에 오들거렸던 어린 날. 지금이라면 쓸데없는 대담함으로 하얀 휴지로

주면 안 되겠느냐고 정중히 물어볼 수 있을 텐데. 별것도 아닌 휴지 색깔이 때로는 이야기의 소재가 되고, 때로는 누군가의 취향이 될 수도 있음이 그저 재미날 뿐이다.

누군가가 하얀색 두루마리 휴지만을 찾게 된 이유를 묻는다면, 새하얀 욕실에 걸려 있는 새하얀 두루마리 휴지에서 느껴지는 깨끗한 느낌이 참 좋았다고, 복잡하지도 넘치지도 않게 살고 싶은 나의 마음과 하얀색 휴지가 어딘가 통하는 것 같아 좋았다고 말할 것이다.

오래전, 내가 관심 두지 않으면 그 누구도 관심을 주지 않을 아주 작은 것에까지 관심을 가져야겠다는 생각이 불현듯 들었다. "갑자기 왜?" "내가 나를 아껴주고 있는 기분이 들어서요." 내가 나를 아껴주면, 내가 나를 소중히 여기면 신기하게도 남들 역시 나를 그렇게 대하는 것 같고 나 역시도 남들을 그렇게 대하는 마음이 커진다.

좋아하는 것 전부가 취향이 될 수는 없겠지만, 오래도록 좋아하는 무언가가 있다면 그것은 이미 취향이다. 취향은 아무리 별거 아니어도 나에게 만큼은 소중하고 기분 좋은, 그냥 그런 것이어야 한다.

오늘도 아침에 변기에 앉아 하얀색 두루마리 휴지를 바라보며 '역시 휴지는 하얀색이지.'라는 생각을 했다. 하얀색 두루마리 휴지의 깨끗하고 정갈하고 단정한 그 모습을, 나는 앞으로도 계속 쭉 좋아하겠지, 그래서 그것이 오래도록 취향으로 남겠지 싶었다.

06

엽서
액자

집 거실에 걸어둘 아트 액자를 고르느라 한참 골머리를 앓았던 적이 있다. 종류와 스타일이 많아도 너무 많아, 전에 없던 선택 오류가 일어난 것이다.

아트 액자는 크게 사진, 드로잉, 그래픽 포스터 세 종류로 나눌 수 있는데 그 선택은 오롯이 개인의 취향을 따른다. 때문에 내 취향껏 아트 액자를 고르기만 하면 되지만 여기서 문제가 하나 생겼다. 내겐 아트 취향이 없다는 것(아트 취향 없는 '미대 나온 언니'라니, 믿을 수 없겠지만 사실이다). 보통 이런 경우 그 분야 전문가의 추천이 최선일 수 있지만, 미대 나온 언니의 자존심이 있지. 도움의 손길은 일단 거절하고 시작한다.

'나의 예술적 취향은 나만이 발견할 수 있다!'라는 혼자만의 고집으로 여러 달 동안 매일 틈만 나면 아트 액자를 고르고 또 골랐다. 그런데 이게 웬걸. 시간이 흐르면 흐를수록 선택은 점점 더 어려워졌는데, 이를테면 이런 이유들 때문이었다. 이름 모를 저가형 그래픽 포스터를 사자니 미술학 박사의 자존심이 허락하지 않았고, 좋아하지도 않는 유명화가의 그림을 사자니 마음이 내키지 않았고, 인기 있는 베스트셀러 그림을 사자니 왠지 모르게 진부한 느낌이 들었고, 몇몇 마음에 드는 작가의 그림은 너무나 비싸다는 게

현실이었다.

그즈음 공간과 취향을 고려해 그림을 추천해주고 그것을 대여해주는 그림 렌털 서비스가 있다는 사실을 알게 되었다. '이 세상엔 (아트를 갈구하지만 아트를 잘 모르는) 나 같은 사람이 참 많구나.' 싶어 괜한 안도감이 들었다. 그 때문이었을까? 아주 잠깐, 그림 렌털 서비스를 이용해볼까 싶었지만 그마저도 이내 포기했다.

예술적 취향이 없다는 건, 아직 예술을 즐길 만한 마음의 눈이 없다는 것. 때문에 예술적 취향을 억지로 골라내는 것도, 그렇게 골라낸 아트 액자를 오래도록 집안에 걸어두는 것도 '나와는 어울리지 않겠구나.' 싶은 생각이 들었다. 집을 가꾸는 일도 나 자신을 가꾸는 일처럼, 내게 어울리는 옷이 따로 있는 법이다. 결국 집에 아트액자를 걸지 않기로 했다.

대신 엽서를 끼울 수 있는 작은 액자를 하나 두고, 이런저런 마음에 드는 엽서를 돌려가며 끼운다. 이렇게 하면 대단한 아트 액자가 없어도 집안 분위기를 가볍게 바꿔줄 수 있어 좋다. 꼭 엽서가 아니어도 상관없다. 엽서 크기의 것이면 무엇이든 오케이. 결혼기념일이 있는 달엔 청첩장을, 선물 받은 포장지가 예뻐 바로 버리기 아까울 땐 포장지를, 감각적인 그래픽 광고지가 있을 땐 광고지를 끼워둬도 좋다. 그 순간 나의 눈이 즐겁다면 그것이 진짜 나를 위한 아트.

집에 꼭 크고 멋진 아트 액자가 걸려 있을 필요는 없다. 집에 커다란 아트 액자를 걸어두어야겠다는 마음을 먹었던 것 또한 무언가를 채우려고 하는 나의 욕심은 아니었을까.

이때 깨달은 교훈 한 가지,
'그림은 집이 아닌 미술관에서 즐기는 것!'

07

귀여운 할머니

이따금 할머니가 된 나를 상상하곤 한다. 귀여운 할머니의 모습을 미리부터 생각해두면, 왜인지 나이 듦을 자연스럽게 받아들일 수 있을 것 같은 기분이 든다. 이를테면 이런 거다.

아무 이유 없이 백화점에 가서 여성 부티크 층을 한 바퀴 돌며, 한참 동안 나이 들어 보이는 옷들을 구경한다. 대부분 색이 화려하고 꽃무늬 패턴이 가득한데 거기에 반짝이는 큐빅까지 잔뜩 붙어 있어 속으로 깜짝 놀라기 일쑤다. (내가 보기엔 상당히) 혼란스러운 부티크 옷들 가운데 꽤 단아하고 우아한 그러면서도 귀여운 느낌이 나는 옷을 발견할 때면, '이다음에 할머니가 되면 꼭 저런 스타일의 옷을 입어야지.'라고 미리부터 생각한다. 저런 스타일의 옷이라고 하면, 치맛단이 넓게 퍼져 종아리를 덮는 치마가 대부분. 그런 치마라면 원피스건 투피스건 상관없다. 목선과 손목 깃에 잔잔한 레이스가 달린 카디건과 조그마한 손가방은 필수다.

모자가게에서 마음에 드는 모자를 발견했는데, 그 모자를 쓰기엔 내가 아직 너무 젊다고 느껴질 때. 그때엔 '이다음에 할머니가 되면 꼭 저런 스타일의 모자를 써야지'라고 미리 또 생각한다. 때문에 내가 그리는 할머니가 된 나는 어느 계절에나 귀여운 모자를 쓰고 있다. 꽃장식보다 리본 장식을 훨씬 좋아하지만, 아무런 장식이 없는 것보다야 꽃장식이라도 있는 편이 좋다. 클로슈 스타일이 제일 좋지만, 베레모 스타일도 괜찮다.

할머니가 되면 명품백 하나 정도는 들어줘야 할 것 같다는 생각에, 명품 매장을 지나칠 때면 괜히 곁눈질로 가방을 쓱~ 하고 둘러본다. 귀여운 원피스와 모자에 어울릴 법한 귀여운 할머니표 가방을 미리 구경한다고나 할까? 귀엽지만 우아한 느낌이 나야 하는 가방이라면, 보테가 베네타 정도가 적당할 것 같다고 속으로 생각한다. 귀여운 할머니가 되어 보테가 베네타 매장을 들락거릴 걸 생각하니 벌써부터 신이 난다.

어린 시절의 나는 팔등신 미녀 바비(혹은 미미) 인형보다 머리가 커다란 봉제인형이 더 좋았고, 10대 때의 나는 순정만화 속 주인공보다 마이멜로디, 폼폼푸린, 시나몬 같은 일본 산리오 캐릭터를 더 좋아했다. 20대의 나는 러블리하고 성숙한 느낌보다 심플하지만 어딘가 귀여운 분위기가 나는 스타일을 더 선호했고, 30대의 나는 베테랑 살림 솜씨를 익히는 것보다 아기자기한 나만의 소꿉 살림을 꾸리는 것에 마음이 기울었다. 40대 초년생인 나는 앞으로 무엇에 더 마음이 끌릴까.

신기하게도 나이가 든다고 해서 취향이 바뀌는 것은 아니다. 취향은 늘 내 마음속 한자리에 머물고, 그저 취향을 담아내는 시절의 관심사와 스타일이 달라지는 것 뿐이다. 이제 더는 봉제인형과 일본 산리오 캐릭터를 좋아하지 않지만, 귀여운 것에 마음이 끌리는 취향만큼은 여전하다.

몇 해 전 런던에 갔을 때, 할머니가 되면 쓸 요량으로 지팡이를 하나 샀다. 내가 쓸 것이니 내 키에 꼭 맞는 것으로 꼼꼼하게 골랐다. 대단히 미래지향의 생활 태도를 보인 나의 '지팡이 구입 스토리'를 들은 모두가 웃었고 어이없어했지만 나는 꽤 진지했다는 사실. 귀여운 할머니가 되고 싶은 나로선 마음에 쏙 드는 귀여운 지팡이 하나쯤 미리 사두는 것은 당연한 일일 수 있다고 생각했다.

지팡이를 사게 된 계기는 이랬다. 해외의 어느 한 회사가 꽤나 멋진 형태의 지팡이를 디자인했더랬다. 할머니, 할아버지를 위한 패션 아이템으로써의 지팡이. 때문에 그 지팡이는 디자인 잡지에도 여러 번 소개될 정도로 꽤 이슈가 되었는데, 그즈음 런던 디자인 뮤지엄에 갔다가 그곳에서 판매하고 있는 것을 우연히 발견하고는, '지금의 내'가 '할머니가 될 나'에게 지팡이를 선물했던 것이다. 멋 좀 부릴 줄 아는 귀여운 할머니가 꼭 되길 바라는 마음에서.

지팡이를 본 엄마는 "하, 참. 나이 육십 넘은 엄마도 아직 지팡이 짚을 생각을 안 하는데, 너는 젊은 애가 벌써⋯."라며 말끝을 흐렸고, 듣고 보니 엄마 말이 틀린 게 하나 없어 둘이 한참을 깔깔거리며 웃었다.

어린 시절의 나는 내가 무엇을 좋아하는지 몰라 다양하지만 불확실한 어른의 모습을 꿈꿨지만, 어른이 된 지금의 나는 내가 무엇을 좋아하는지 잘 알기에 확실하게 귀여운 할머니의 모습을 꿈꿀 수 있다.

어쩌면 인생에서 가장 긴 시간을 보내야만 할지도 모르는 '할머니가 된 나의 삶' 때문에 취향을 담아, 내가 좋아하는 것들로만 채운 할머니가 된 나의 삶을 미리부터 꿈꾸고 싶다. 그 모습을 오래도록 잊지 않기 위해 가끔은 (지금 당장) 아무짝에 쓸모없는 지팡이 같은 물건도 소비하고, 소유하며 산다. 필요(Needs)에 의한 소비도, 욕구(Wants)에 의한 소유도 인생의 어느 한편에선 모두 의미 있는 삶의 모습일지 모른다.

가끔은 누군가 내게 "너는 이다음에 어떤 할머니가 되고 싶어?"라고 물어봐주면 좋겠다. 그러면 주저 없이 '귀여운 할머니!'라고 크게 대답할 준비가 되어 있으니까.

08

물건을 고르는 마법 주문

약간의 미열에도 이러저러한 걱정이 앞서는 시간이 점점 길어진다. 아무래도 체온계 하나쯤 집에 구비해두는 것이 좋을 듯싶어 인터넷으로 어떤 제품이 있는지 알아보기로 했다. 얼핏 보아도 종류가 상당하다. '한번 사면 평생 쓸지 모르는 아이템이니까 신중하게 골라야지' 하고 마음먹었다. 너무 신중했던 탓에 무려 넉 달의 시간이 걸릴 줄은 꿈에도 모른 채.

물건을 고르다 보면 이건 디자인이 별로, 저건 성능이 별로, 그건 뭐가 뭔지 잘 모르겠다 싶은 제품들이 참 많다. 그렇기 때문에 물건의 특성에 맞는 저마다의 선택 기준이 필요한 법이다. 체온계의 선택 기준은 이랬다. 우선 미묘한 온도를 측정하는 전자제품이라 다소 가격이 나가더라도 우수한 성능이었으면 싶었다. 여기에 성능 못지않은 수려한 디자인은 필수다. 가끔 꺼내어 쓰는 체온계 디자인이 뭐가 그리 중요하냐 싶겠지만, (직업병으로 인해) 물건을 고를 때 디자인 부심이 꽤 높은 나란 사람은 체온계 디자인조차도 신경이 쓰이는 그런 사람이다.

오랜 기간 틈틈이 체온계를 골랐다. 그러는 사이 계절이 한 번 바뀌었고 '이거다' 싶은 것은 없었지만 개중에 하나를 골라 사야 하나 고민하던 찰나. 미국의 어느 사이트에서 디자인이 멋진 체온계를 찾을 수 있었다. 그런데 이를 어쩐담. 아무리 뒤져봐도 사용 후기 같은 상세정보를 찾을 수가 없다. 게다가 가격도 다른 것들에 비해 조금 더 고가다. 도무지 성능을 확인할 길이 없어 마음을 접으려던 순간, 내 눈에 빨간색 이미지 하나가 눈에 들어왔다. 그것은 바로 'Reddot award(레드닷 어워드)' 로고 이미지, 이때는 무조건 크~으게 외쳐야 한다. "심.봤.다!"

'Reddot award(주최국 독일, 이하 나라명만 표기)'는 'IF award(독일)', 'IDEA(미국)'와 함께 세계 3대 디자인 공모전으로 손꼽힌다. 이 공모전들에서 디자인상을 수상했다는 것은 제품이 가진 디자인의 우수성과 혁신성을 전 세계로부터 인정받았다는 뜻이고, 그만큼 제품이 가진 디자인 경쟁력이 뛰어나다는 것을 드러낸다. 그런 이유로 세계의 수많은 기업과 디자이너 그리고 디자인을 전공하는 학생들까지도 매해 이 공모전에 지원해 자신들이 가지고 있는 디자인 역량을 공식적으로 인정받으려 애쓴다.

그런 우수한 대회에서 2016년 최고상(Best of Best)을 수상한 체온계라니. 갑자기 가슴이 마구 쿵쾅거린다. 음, 뭐랄까. 권위 있는 큐레이터가 내게 진짜 괜찮은 그림 한 점을 추천해준 느낌이랄까. 더 이상의 고민은 필요 없었다. 레드닷이 검증한 것이라면 구입을 망설일 이유가 전혀 없다. 꽤 느긋한 배송 기일을 기다려 체온계를 받아 들었다. 상자를 여는 순간 형태적 아름다움에 시선을 빼앗겼고, 체온계를 작동시키자 감각적 인터페이스에 눈을 뗄 수 없었다. "우와, 진짜 환상적이야!" 저절로 흘러나오는 탄성, 역시 레드닷이 인정한 디자인다웠다.

필요한 살림살이를 고르면서 이것과 저것 가운데 어느 것을 골라야 할지 망설여질 때, 어떤 것을 사긴 사야 하는데 마음에 드는 것을 찾지 못하고 있을 때, 이런저런 때에 어떤 물건에게서 디자인상을 수상했다는 정보를 접하게 되면 한 치의 망설임 없이 그것들을 '픽(pick)'하는 결단력이 생겨난다. 내겐 그것이 '이거다' 싶은 확신을 안겨주는 마법 주문과도 같다.

디자인상이라는 마법 주문으로 '픽'한 작은 살림살이로 집의 사소함을 채운다. 쌀 씻는 바가지, 여행용 다구세트, 미니 가습기, 설거지 수세미, 이 닦는 칫솔 등. 디자인이 뛰어난 사소한 것들을 모아 살뜰한 살림을 꾸려간다. 이제 물건을 고르는 동안 '만약에(IF award) 빨간점(Reddot award) 아이디어(IDEA)' 로고가 눈에 스친다면 물건을 한 번 더 꼼꼼히 살펴보기를 권한다. 아주 사소한 것이더라도 '이거다' 싶은 것을 전문가에게 추천받는 기회가 될 수 있

을지도 모르니까.

더할 나위 없이 만족스러운 체온계를 사고 "내가 이렇게나 괜찮은 물건을 또 골랐어!" 하고 으스대고 싶은 마음이 조금 들어 여러 날 동안 체온계를 여기에도 둬보고 저기에도 둬보며 나를 칭찬했다. 셀프 칭찬인지 물건 예찬인지 모를 찬사를 이어가며 그렇게 또 별거 아닌 사소한 물건에 애정을 담아 나만의 취향 살림을 산다.

09
———

브
로
의 취
향

미각엔 둔감한 편이지만 브로(나의 가장 친한 친구, 남편을 칭하는 애칭)와 나의 성향을 음식 맛에 빗대어보자면, 브로는 평양냉면 같은 슴슴한 맛이 나고, 나는 회냉면 같은 매콤새콤한 맛이 날게 분명하다(아, 상극이로구나). 매콤새콤한 맛이 워낙 자극적인 탓에 슴슴한 맛과 동시에 음미하기 쉽진 않지만, 우리 집이라는 밥상에 평양냉면과 회냉면을 동시에 올려 슴슴한 맛, 매콤새콤한 맛, 이 맛 저 맛 두루두루 맛볼 수 있게 하는 중이다. 두 가지 맛 모두 맛있으니까.

"어서 오세요.
11년 전통의 이 맛 저 맛 맛집에 오신 것을 환영합니다."

오래전 인터넷으로 이런저런 인테리어를 구경하다가 매우 극단적인 스타일로 꾸며진 집을 본 적이 있다. 나의 편견이자 생각의 관습인 줄 알면서도 그 집에 과연 남자 어른이라는 지구 생명체가 살 수 있을까 싶은 마음이었다.

이후 집 꾸미기에 대한 생각이 조금 달라졌다. 아무리 인테리어와 집 꾸미기가 여자들의 영역으로 받아들여지고 있다 해도, 또 내 아무리 그것들에 상당한 관심이 있다고 해도 내 취향만을 고집해 집을 꾸며서는 안 되겠다고 말이다. '나를 사랑한다면⋯ (네가 양보해).'이라는 허울 좋은 명분으로 내 취향에만 맞춰 집을 꾸민다는 것은 같이 사는 브로에게 너무도 가혹한 일인 것 같았다. 집은 나의 공간이자 브로의 공간이기도 한 '우리의 공간'이다. 때문에 나의 취향만큼이나 브로의 취향도 중요한 것이다.

집에 들일 물건을 고르는 것이 나의 즐거움인 것은 사실이지만 물건을 골랐다고 해서 바로 구입하지는 않는다. 일단 내가 관심을 두고 있는 집의 물건을 브로에게 보여줘야 하니까. 집의 물건은 나 혼자만의 물건이 아니라 대부분 우리 둘이 함께 사용해야 하는 물건이기 때문이다.

이를테면 냄비나 칼 같은 아주 일상적인 살림도구일지라도 "이거 한번 봐봐! 어때? 예뻐? 너무 작은가? 쓰기 편할까? 너무 비싸지? 잘 쓸 수 있겠어?" 등등 물건의 역할과 쓰임에 맞게 질문을 바꿔가며 브로의 의견을 모은다. 의견이라고 해서 사실 대단한 것은 아니다. 자기가 자주 사용할 물건이 아니면 스치듯 대충 좋다고 말할 때도 있고, 자기도 자주 사용할 물건이면 상당한 관심을 보이는 때도 있다. 물론 최종 선택은 나의 몫이지만 브로의 의견을 꽤나 존중하는 편이다. 그렇게 우리 둘의 취향을 적절하게 담아낸 우리 집이 그려진다.

슴슴한 맛이 나는 브로가 소신껏 취향 발언을 하길 바랐다. 연애시절 "둘 중 어느 게 예뻐?"라는 나의 질문에 언제나 "둘 다 예뻐"라고 답하는 브로를 도무지 이해할 수 없었다. "네가 좋으면 나는 다 좋아." 같은 꿀 바른 멘트로 스스로의 무관심과 무취향을 포장하려는 것이었을 테다. 브로가 확실한 취향을 가졌으면 좋겠다고 생각했다. 그때부터 (내가) 질문하고 (브로가) 대답하는 시간이 시작됐다. 오랜 나의 노력(?)은 시간이 흘러 빛을 발했고 지금은 "둘 중 어느 게 예뻐?"라는 나의 질문에 "둘 다 별로인 거 같아."라는 대.범.한 발언까지 아끼지 않는다.

마음속 깊이 감춰져 있을 뿐, 취향이 없는 사람은 없다. 누구나 좋아하는 것과 싫어하는 것이 분명한데 왜인지 그것을 겉으로 표현하기가 쉽지 않다. 어느 심리학자는 그것을 우리 문화의 특징이라고 했다. '우리'라고 하는 공동체 문화에서 나 홀로 튀지 않고 다른 사람들과 어우러지기 위한 '소-소(So-so)'의 태도. 내가 좋아하는 것을 자신 있게 표현하는 것도 반복적인 연습이 필요하다니⋯. 호불호를 다른 사람에게 표현하는 연습을 오래 하다 보면 감춰져 있던 좋아하는 것들이 하나씩 바깥에 쌓여 나의 취향을 뚜렷하게 드러낼 수 있다.

평양냉면 같은 브로는 여전히 슴슴한 맛을 내는 삶을 살지만 때로는 고춧가루를, 때로는 설탕을, 때로는 식초를 넣어가며 적절한 취향을 더한다. 평양냉면에서 회냉면 맛을 기대할 수는 없지만 때에 맞게 매콤한 맛과 새콤한 맛을 조금씩 공유할 수 있다는 것만으로도 우리 둘은 충분히 잘 어울리는 메뉴다. 나도 가끔은 양념장을 조금 덜어내 자극적인 맛을 줄여 어떻게 하면 브로의 슴슴한 맛과 어우러질 수 있을지를 생각한다.

사랑하는 사람에게 나의 취향을 강요하지 말자. 사랑하는 사람에게 나의 취향을 양보하지도 말자. 취향은 그저 오롯한 자신의 것으로, 강요와 양보로 취향이 바뀌지는 않는다. 서로의 취향을 이해하고 그것을 존중해줄 때, 비로소 너와 내가 '우리 집'에서 각자의 취향을 편안하게 즐길 수 있게 될 것이다.

10

협
찬
의 유혹

가끔씩 SNS 메시지를 통해 협찬 제의가 들어온다. 인스타그램을 시작하고 팔로워 수가 조금씩 늘어나면서부터 경험하게 된 놀라운 제안이다. 제안받는 협찬품의 종류는 생각보다 다양한데, 커다란 가구에서부터 소소한 생활용품에 이르기까지, 거기에 먹는 것 바르는 것까지 더해지면 그 종류와 범위는 상당하다. 당.연.히. 많은 것을 거절할 수밖에 없다. 협찬품 제의에 응하는 경우는 때에 따라 다르지만 대충 한 달에 3~4번 정도다. 물론 더 많은 때도, 더 적은 때도 있다.

여태껏 제안받은 것들 중엔 맞춤형 붙박이장 가구, 서재 가구, 화장대, 소파, 매트리스, 건조기, 인덕션, 로봇청소기 등등 가격으로만 따지면 수십, 수백만 원에 호가하는 제품도 여럿 있었다. 웬만한 한 집 살림은 거뜬히 꾸릴 수 있을 만한 솔깃한 제안들이다. 하지만 대부분 거절했다. 필요가 없어서, 기존에 쓰고 있는 것들이 있어서, 물건을 둘 곳이 마땅치 않아서, 좋아하는 스타일이 아니어서…. 거절의 이유는 다양했다.

어쩌다 우연히 지인과 협찬에 관한 이야기를 할 일이 생겨 앞선 나의 경험을 얘기해줬더니 대번에 받아서 팔면 되지 아깝게 왜 거절을 하냐고 내게 되물었다. '으음, 원래부터 내 것이 아니었는데 도대체 뭐가 아깝다는 거지?' 속으로 생각했다.

협찬 제안을 받았다고 해서 그것이 온전히 내 것이라는 생각은 완전한 착각이다. 그저 운이 좋게 선택의 기회가 주어졌을 뿐이고 나에게 필요하지 않으면 그 기회를 다른 사람에게 넘기는 것이 맞다. 모르긴 해도 나에게 닿은 기회 역시 누군가가 넘겨준 것일 수도 있는 일. 더욱이 필요하지도 않은 물건을 공짜랍시고 덥석 받았다간 그에 상응하는 노력과 시간의 대가를 치르기 마련이다. 정도의 차이는 있겠지만 사진(또는 영상)을 찍는 수고스러움과 맞바꿔야만 하는 협찬품에 욕심을 내고 싶지는 않다.

3년 전, 마음이 까맣게 물들어 있을 때, 마음을 다스리기 위한 방편으로 집 사진을 찍고 생각을 끄적거려 SNS에 올리기 시작했다. 피드 주제는 '페코의 넋두리.' 지극히 사적인 나의 피드에 팔로워 수가 한 명 두 명 늘기 시작하더니, 어느덧 팔로워 수 3만. 아직까지 이 숫자를 발판 삼아 돈을 벌 생각은 없다. 때문에 협찬품이든 뭐든 욕심을 낼 이유 또한 없는 것이다. SNS를 처음 시작한 그때나 지금이나 내 피드엔 사적인 넋두리가 넘친다.

물론 협찬품에 욕심이 생기는 때도 분명 있다. 평소에 필요하다고 생각했던 것이거나, 필요와 무관하게 디자인이 쏙 마음에 드는 것이라면 괜스레 탐이 나기 마련이다. 심지어 내겐 제안조차 오지 않았는데 '나에게도 협찬 제안을 해주면 참 좋겠다~' 하고 바라기까지. 아, 이런 때엔 내가 정말 너무 속물같다는 생각이 들어 속으로 엄청 부끄럽고 창피한 마음이 든다. 아무도 모르는 나만의 비밀스러운 마음이다.

살림살이 협찬의 유혹은 언제나 달콤한 법이다. 유혹의 그늘 아래에 서서 얼마 전엔 냄비세트와 세탁세제를 협찬받기로 했다. 크림색의 냄비는 전에부터 눈여겨봐 둔 제품이어서, 패키지가 멋스러운 세탁세제는 음… 그냥 예뻐서 탐이 났다.

물건은 본래의 제 기능을 넘어 누군가의 삶 안에서 행복의 기호로서 역할을 하기도 한다. 마음에 드는 물건을 소유함으로써 느끼는 즐거움이 누군가에겐 일상에서 누리는 소확행(소소하지만 확실한 행복)이 될 수도 있는 것이다. 때문에 제 아무리 비싸고 좋은 물건이라 하더라도 그것이 내 마음을 확실히 잡아당기지 못한다면 그 물건은 내 것이 될 수 없다. 내 돈을 직접 지불하든 지불하지 않든지 간에 말이다.

나는 커다랗고 비싼 협찬품보다 소소하고 아기자기한 협찬품에 더욱 마음이 끌린다. 살림살이 선택 취향이야 워낙 까다롭고 다양해 딱 한 가지로 설명할 순 없지만, 절대 뺄 수 없는 것 하나는 (내 기준의) 귀여움 한 스푼이 꼭 들어가야 한다는 것. 그렇기 때문에 누군가 내게 주려는 협찬품도 마음에 꼭 와닿는 것들로만 골라서 받고 싶은 것이 솔직한 마음이다.

이것이 소꿉놀이를 하듯 아기자기한 살림을 살고 싶은 마흔 살 아줌마의 확실한 취향이다.

PART 2

태
도

11

오늘의 채움

삶에서 무언가를 비우고자 할 때는 늘 미련이 남기 마련이다. 시절이 기억하는 미련, 내어놓기 아까운 미련, 쓸모를 기대하는 미련 등이 뒤엉켜 비움의 실천을 방해하기 일쑤다. '아, 비움 대신 채움으로 가벼운 삶을 살 수는 없을까?'

언젠가 싱크대 상부 장에 들어 있는 그릇과 집기류를 바깥으로 모~두 꺼내보았다. 공간이 텅 비어 있다면, 나는 그 속을 어떤 물건들로 채워 넣을 수 있을까 싶은 마음 때문이었다. 며칠을 고민하다가 자주 사용하는 것, 좋아하는 것, 예뻐하는 것들을 차례대로 몇 개씩 골라 비어 있는 상부 장 속을 채웠다. 가게에서 상품을 진열하듯 조금 여유롭게 살림살이를 채웠더니 딱 좋을 만큼의 공간적 여유도 생겼다. 보기에도, 사용하기에도 편안한 공간의 넉넉함이었다.

만족스럽게 상부 장을 모두 채우고 남은 것들을 어떡할까 싶어 하나하나를 꼼꼼히 살폈다. 못생긴 것, 짝이 맞지 않는 것, 싫증나버린 것, 낡고 헌 것, 정이 안 붙는 것, 전혀 안 쓰는 것, 다른 곳에 있어야 할 것, 판단이 잘 서지 않는 것, 이도 저도 아닌 것들 투성이다. '이 중 몇 개만 다른 곳에 넣어두고 나머지는 모두 버려야지.' 그렇게 나만의 방식으로 공간을 채우고 비우며 가벼운 삶을 살기로 했다.

생각은 한 끝 차이라고 했던가. 나는 비울 것들을 힘들게 골라 내기보다 빈 공간을 새롭게 채우고 남은 것들을 송두리째 비우는 방법으로 집의 여유를 찾을 수 있었다. 공간의 여유로움이 주는 마음의 안정, 그것만으로도 가벼운 삶이 시작될 수 있다.

물건은 고유한 부피를 가지고 있어 어느 정도의 밀도로 공간을 차지하느냐에 따라 공간의 여유를 달리한다. 지금 살고 있는 집은 크기에 비해 공간적 여유가 꽤 낙낙한 편이지만 더 이상의 가구나 세간살이 등을 채울 생각은 없다. 지금이 내가 심리적으로 가장 편안함을 느끼는 이상적 상태이기 때문이다. 그래서 요즘은 살림의 밀도 조절에 꽤 신경을 쓰며 산다.

사실 살림살이의 양에는 정량이란 것이 있을 수 없다. 각자 사는 모습과 선호하는 공간의 여유 정도가 다른 탓이다. 하지만 집 구석구석 빈틈을 찾을 수 없을 만큼 과밀한 살림을 살고 있다면 의도적인 비움을 실천해야 할지도 모를 일이다. 때문에 우리는 편안함을 느끼는 이상적 공간의 여유 정도를 스스로가 가늠하고 있어야 한다. 그래야 그에 맞춰 살림살이를 비우고 채우는 살림의 밀도

조절을 할 수 있기 때문이다.

언제부턴가 새 살림살이를 집에 들이기 전 그것을 어디에 둘지 미리 생각하는 습관이 생겼다. 무턱대고 사버리면 하나가 둘이 되고 둘이 넷이 되면서 공간의 여유가 무너질 수 있기 때문이다. 이젠 생활용품 가게를 구경하다가 "이거 하나 살까?" 싶다가도 "아니다! 어디에 둘지 생각 좀 해보고….."란 말을 중얼거리는 일이 잦아졌다. 그 덕에 충동적으로 살림살이를 구입하는 횟수가 줄고 가치 있는 살림을 사는 요령도 조금씩 늘어간다. 즉흥적인 소비는 집 공간의 밀도를 높일 뿐이다. 나를 설레게 하는 살림살이를 집에 들여 공간을 새롭게 채우고 싶다면 오늘이 아닌 다가오는 내일에 지갑을 여는 여유를 가져보는 것은 어떨까.

가벼운 삶을 살기 위해서는 비우기보다 채우기의 실천이 더 중요하다고 믿는다. 공간을 어떻게 채울 것인가를 고민하다 보면 자연스럽게 그 공간 속에서 어떻게 살 것인가를 헤아리게 되고, 결국 내 삶을 어떻게 채울 것인가를 세심하게 살피게 된다. 가치 있는 물건으로 주변을 채우고 나머지를 모두 비우는 삶, 일상을 가치 있는 것으로 채우기 위해 오늘 하루 생각할 시간을 가지는 삶, 이제는 '어떻게 살 것인가'에 애쓰며 살아가는 나 자신이 조금 기특하기도 하다. 비록 시행과 착오를 되풀이할지라도 말이다.

오늘의 채움이 욕망으로 물든 무조건적인 채움이 되지 않기를, 타성에 젖은 무의미한 채움이 되지 않기를 바란다. 아주 사소한 것일지라도 가치 있는 것들로 내 주변이 채워지길 바란다. 그러한 공간 속에서 내가 사는 살림이, 나의 삶이 오래도록 빛나길 소망한다.

12

느긋한 살림

나이 마흔, 결혼은 했고 아이는 없다. 얼마 전까지 돈 버는 일과 무관하게 대학에서 학생들을 가르쳤고 디자인 분야에서 이 일 저 일을 하며 살았다. 꿈도 목표도 없이 앞으로만 달렸던 시간, 몸과 마음이 지쳐 하던 일을 모두 그만뒀다. 그렇게 전업주부가 되었다.

전업주부의 시간은 전보다 조금 느리게 흘렀다. 분 단위로 하루를 쪼개어 살 때와는 전혀 다른 시간의 속도. 그 시간을 어떻게 써야 할지 몰라 조금 막막해졌다. 괜스레 하지 않아도 되는 집안일을 찾아내 하루 종일 움직이느라 더러 몸살이 나기도 했다. 집에서 엉덩이 한번 붙일 새 없이 바쁘게 움직이는 꼴이라니. "나 지금 뭐하고 있는 거냐."

그래, 느긋한 살림을 살자.
밥도 느긋하게 먹고 청소도 느긋하게 해야지.
뭐든 빨리 끝낼 필요는 없잖아.

다짐을 한 며칠 동안, 아침 먹은 그릇을 일부러 씻지도 않고 바닥에 떨어진 먼지를 모른 체했다. 그런데 뭔가 마음이 찝찝하고 어딘가 불편한 기분이다. 왜지? 친구에게 얘길 했더니 그건 느긋하게 사는 게 아니라 게으르게 사는 거라고 했다. 아, 그렇구나. 느긋하

게 살아본 적이 없어서 느긋한 살림을 살 줄도 모르는 바보 같은 나였다.

그러고 보니 나는 원래부터 여유로움을 잘 견디지 못하는 사람이었던 것 같다. 휴양지 여행도 좋아하지 않고, 카페에 앉아 오래도록 이야기하는 것도 좋아하지 않는다. 어딘가를 꼭 둘러봐야 하고 무언가를 꼭 해야만 하는 사람. 세상엔 분명 나 같은 사람이 많을 테지만, 그것이 지금으로썬 큰 위로가 되진 않는다. 그저 나는 어쩌다 이렇게 여유 없는 사람이 되었을까 싶은 가여운 마음. 스스로를 가엽고 짠히 여기지 않기 위해서라도 느긋한 사람이 되기로 마음 먹었다.

"라디오를 들어봐." 친구의 조언으로 처음 듣게 된 라디오 방송. 두 시간짜리 라디오 프로그램 한 편을 들으면서 밥을 먹고 설거지를 하고 청소를 했다. "우와, 이거 뭐지?" 평소처럼 부지런히 집안일을 하고 있었지만 전과 다른 여유가 느껴졌다. 재미있는 사연이 나오면 혼자 밥을 먹다가도 깔깔 웃었고, 애잔한 사연이 나오면 설거지를 하다가도 고무장갑을 벗어 눈에 고인 눈물을 닦았다. 좋아하는 노래가 나오면 청소기를 잠시 멈추고 한참 동안 노래를 따라 불렀고, 처음 들어보는 음악에 마음이 끌리면 노래 제목을 찾아 종이에 적어두기까지 했다. 목소리를 담아낸 공간의 시간은 놀라울 만큼 쉼표가 가득했다.

느긋하게 흘러가는 오전의 시간, 그 시간이 참 좋았다.

느긋하게 산다는 것이 일상의 작은 여유를 즐기며 사는 것이란 걸 마흔 살이 되어서야 처음 알게 되었다. 그런데 진짜 신기한 것은 매일 똑같은 집안일도 전투적으로 할 때면 하기가 싫어지고, 느긋하게 할 때면 사부작거리는 재미에 살림을 사는 맛이 훨씬 커진다는 것. 만약 이런 소소한 것도 행복이라 말할 수 있다면 나는 지금 조금씩 행복해지고 있는 중이다.

조급하고 팍팍하기만 했던 나의 30대, '40대는 충분히 느긋하게 살아봐야지' 하고 다짐한다. 전처럼 나의 조급함이 주변을 찌르지 않도록, 나의 팍팍함이 주변을 메마르게 하지 않도록 나의 40대가 마음 넉넉한 느긋함에 흠뻑 젖었으면 좋겠다. 그런 40대의 내가 되었으면 좋겠다.

13

다르면 좀 어때

인터넷 서점에서 어린이 도서를 구경하고 있는데 (한때 동화책 수집이 취미였던 나) 《친구랑 다른 건 싫어》라는 제목의 동화책이 눈에 띄었다. 순간 멈칫, '친구랑 다르면 좀 어때' 싶은 삐딱한 마음 때문이었다.

이상하게도 어릴 적부터 뭐든 친구들과 똑같이 하는 것이 내키지 않았다. 똑같은 필통, 똑같은 CD플레이어, 똑같은 운동화는 딱 질색. 내가 선택할 수 있는 것들이라면 가급적 다른 것을 선택하고 싶었다. 그 시절의 유행에 큰 관심이 없었던 이유도 있었겠지만, 무엇보다 마음 한 구석에 자리 잡은 삐딱함 때문이었을 것이다. 질풍노도의 시절, 마음속 불만을 해소하기 위해 딱 저만큼의 삐딱함만 있어 얼마나 다행이었는지.

에고, 근데 이를 어쩌나. 살아보니 마흔의 인생도 질풍노도이긴 매한가지다. 그래서일까. 어른이 된 지금도 그 삐딱함은 여전하다. 아니, 더 가파르게 기울어졌는지도 모른다. 남들과 다르고 싶은 삐딱한 마음을 가진 마흔의 나는 여전히 남들과 다른 삶을 살고 싶어 안달이다. 이것이 취향 살림을 살고 싶은 궁극의 이유다.

언제부턴가 살림 가게 구석구석을 꼼꼼히 훑어보는 습관이 생겼다. 어느 가게나 인기 품목을 중심으로 물건을 진열해두기 마련이지만, 인기 아이템은 대강 슬쩍 지나치고 (인터넷이나 다른 가게에서도 자주 볼 수 있는 까닭에) 사람들 눈길이 머물지 않는 구석구석을 살피기 시작한다. "뭐 찾으시는 물건 있으세요?" "아, 아니요. 그냥 구경하는 거예요." 특별히 찾는 것도 없으면서 허리를 굽혀 구석을 살피는 모습이 신기하기도 할 테다. 그런데 의외로 사람들의 눈길이 머물지 않는 그런 곳에 흔치 않은 재미있는 살림살이들이 꼭꼭 숨어 있는 경우가 많다는 사실. 그렇게 구석에 놓여 있던 비주류 아이템 하나를 골라낸다.

외국 여행에서 흔치 않은 살림살이를 찾아내는 재미는 더욱 크다. 여행 전 미리 그 지역 주방&생활용품 가게들을 알아두는 것은 여행 준비의 필수. 다른 문화권에 사는 사람들은 어떤 도구로 요리를 하고, 어떤 생활용품을 사용하고, 어떤 스타일로 집을 꾸미는지 알 수 있는 라이프스타일 탐방 코스라고나 할까. 외국이라고 해서 가게를 대강 훑어보진 않는다. 외국인이기 때문에 말 거는 사람이 없어 더 편하게 살림살이를 구경할 수 있는 것도 하나의 장점이다. 구석까지 꼼꼼히 살피고 나면 이내 사고 싶은 자잘한 살림살이가 한 가득 쌓인다. 대개 우리나라에서는 잘 팔지 않는 희소 아이템들. 아무리 짧은 여행이라도 커다란 트렁크를 들고 갈 수밖에 없는 이유다.

살림을 사는 시간이 늘어갈수록 희소한 살림살이가 하나 둘 쌓여가고, 희소한 살림살이가 늘어갈수록 살림을 사는 재미도 점점 커져간다. 신기한 것은 희소 아이템을 집에 두면 가만히 있어도 행복한 기분이 몽글몽글 피어오른다는 사실. 나만 가지고 있는 물건이라는 의기양양한 마음이 내 살림을 소중히 여기는 마음으로 바뀌어 스스로가 만족하는 살림을 살 수 있게 된다.

　누구에게나 나만 알고, 나만 갖고 싶은 소중한 물건이 있기 마련이다. 애써 골라 우리 집으로 온 물건들, 그것들 하나하나가 모여 우리 집이 완성되는 것이기 때문에 누군가에게 그것을 쉽게 알려주고 싶지 않은 것이 솔직한 마음이다. 이 마음 역시 삐뚤어진 마음 때문이겠지.

　남들과 조금 다르고 싶은 마음으로 취향껏 고른 살림살이들이 이제 제법 우리 집을 우리 집답게 만들어주는 것 같아 기분 좋다. 나만 가지고 있는 물건에 대한 애착과 그로 인해 느끼는 희열. "캬아, 이런 게 살림 사는 맛이지."

　어쩌면 어른의 행복이란 참 단순한 것일지도 모르겠다. 남들과 다르게 살고자 마음먹으면 남과 비교해 나를 질책할 일도, 다그칠

일도 없어진다. 우리 마음속에 가득 차 있는 '남들과 다른 건 싫어'
라는 마음이 어른이 된 우리를 조급하게 만드는 건 아닐까. 그 조
급한 마음을 떨쳐버릴 수 있도록 삐딱한 마음을 안고 오늘의 살림
을 살아간다. 그렇게 남들과 다른 나만의 살림으로 소소한 행복을
즐길 줄 아는 주부가 되어간다.

14

롱 라이프 살림을 사고(Buy) 또 산다(Live)

짧게는 몇 날, 길게는 몇 달 동안 살림살이를 고르고 또 고를 때가 있다. 누군가는 물건 하나 사는데 무얼 그리 애를 쓰냐 하고, 누군가는 대충 사서 쓰다가 나중에 더 괜찮은 것을 사면 되지 않느냐고 조언한다. 개인의 선택 문제 앞에서, 타인의 조언은 그저 조언일 뿐. 선택은 오롯이 자신의 몫이다.

언젠가부터 적당히 괜찮다고 생각되는 물건은 잘 사지 않는다. 적당히 괜찮은 물건은 적당히 쓰고 버리면 그만이라는 생각이 들게 하고, 결국 다른 물건을 쉼 없이 찾고 또 찾게 만드는 악순환을 초래할 뿐이다. 이는 결국 만족 없는 소비만을 이어가는 꼴. 문득 그런 나의 꼴이 덧없게 느껴졌다.

'확실한 물건을 제대로 골라 롱 라이프할 수 있는 살림을 살자.'

나의 삶을 보다 가치 있는 물건들로 채워나가겠다는 실천의지의 시작이었다. 이제 물건을 사기 전 삶에 꼭 필요한 것이 무엇인지 신중히 판단하고 오랜 시간 공들여 물건을 고르는 것에 제법 익숙하다. 이쯤에서 자주 받는 질문 하나, "물건을 고르는 특별한 기준이 있나요?"

가치 있는 물건 고르기의 기준을 '꼭 이렇게'라고 규칙화할 수는 없지만 '어울림'만큼은 꼭 따져 묻고, '가성비'만큼은 잘 따져 묻지 않는다. 내가 사는 공간과의 어울림, 내가 가지고 있는 가전 가구와의 어울림, 우리 가족 한 사람 한 사람과의 어울림. 이 중 어느 것 하나 만족스럽지 못하다면 롱 라이프 살림살이로서 자격미달이다. 불협화음을 일으키는 살림살이가 오래도록 내 집에서 제 역할을 하며 살아남아줄 것이라는 기대는 헛된 욕심일 뿐이다.

물건의 어울림이라는 것은 가진 것 모두를 뽐내는 것이 아니라, 상황에 맞게 뽐낼 것을 달리하는 법을 익히는 데 있다. 우리 집 주방에 그다지 어울리지 않는 최신 유행 냄비와 주방에 잘 어울리는 듣도 보도 못한 냄비 중 하나를 골라야 한다면 내 선택은 무조건 후자다.

살림살이는 살림 습관과 생활환경에 맞춰 선택해야 하는 것들이 대부분이다. 때문에 가격과 성능이라는 경제적 효율성만으로 물건을 고르면, '최소 비용'이라는 덫에 걸려 가치가 낮은 물건을 선택할 확률이 높아질 수 있다. 롱 라이프하는 물건 모두가 꼭 고가의 제품일 필요는 없지만, 꼭 고가의 제품이어야만 한다면 가끔은 그것을 선택할 용기도 필요한 법이다. 혹 나도 모르게 계속해서

가성비만을 따져보는 물건이 있다면, 처음부터 아예 사지 않는 것을 선택지에 넣어두는 것도 (내가 쓰는) 하나의 방법이다.

하지만 여기서 오해하지 말아야 할 것이 하나 있다. 가격이 낮다고 무조건 가치가 낮은 물건은 아니라는 것. '무조건 저렴한 것'만 따지는 최소 비용의 덫에만 걸리지 않는다면, 낮은 가격으로도 충분히 가치 있는 물건들을 찾아내는 즐거움을 만끽할 수 있다.

정성으로 고른 물건은 함부로 다룰 수 없고, 애정을 담은 물건은 함부로 버릴 수 없다. 물건을 함부로 다루지 않으면 쉽게 헐지 않아 오래 사용할 수 있고, 물건을 함부로 버리지 않으려면 처음부터 아주 괜찮은 물건을 골라야 한다.

어쩌면 롱 라이프 살림을 산다는 건, 정보가 아닌 나만의 지혜로 내 삶의 커다란 단면을 그려내는 것인지도 모르겠다. 유행처럼 번졌다 사라지는 살림 정보에 흔들리지 않고, 나와 내 가족에게 어울리는 '진짜' 괜찮은 물건을 정성껏 고르는 것, 그래서 그것을 오래도록 애정 주며 사용하는 것, 그것이야말로 아무도 나를 대신해 줄 수 없는 나만의 지혜다.

우리 집 욕실에는 아직도 심플함이 돋보이는 11년 된 플라스틱 비눗갑이 있다. 결혼을 준비하면서 정성껏 고른 비눗갑을 그동안 함부로 다뤄본 적 없고, 함부로 다루지 않았더니 좀체 헐지 않아 지금도 새것 같은 느낌이다. 오랜 세월 애정을 담아 사용하고 있는 플라스틱 비눗갑. 오천 원이 채 되지 않은 돈으로 그때의 내가 제법 괜찮은 디자인의 비눗갑을 골랐던 것만은 분명해 보인다. 이것이 내가 실천하는 롱 라이프 살림법이다.

그렇게 나는 오늘도 롱 라이프 살림을 사고(Buy), 또 산다(Live).

15

나의 제로웨이스트

모두가 매일 쓰고 버리는 것들로 인해 지구가 많이 아프다. 연일 쏟아지는 환경이슈에 '쿵' 마음이 내려앉길 수차례. 더는 환경에 대한 소극적인 방관자이고 싶지 않았다. 나란 사람도 아픈 지구를 위해 작은 무언가라도 해야겠구나 싶어 그렇게 제로웨이스트를 시작했다.

외출할 때 장바구니를 챙기고 텀블러를 사용하는 것쯤이야 이제는 기본이다. 물티슈는 사용하지 않고, 지퍼백 같은 비닐제품은 아주 가끔만 사용하고 있어 몇 년째 새 제품을 산 기억이 없다. 플라스틱 포장재에 들어 있는 채소와 과일은 가급적 사지 않는 편이지만, 꼭 사야 하는 것이라면 횟수를 줄여 간헐적으로 구입한다. 배달음식과 반조리 식품 역시 거의 사 먹진 않지만, 종이 포장재를 사용하는 치킨은 가끔 사 먹는 편이다. 물은 페트병에 든 생수를 사서 마시는 대신, 주전자형 정수기로 수돗물을 걸러 마시고 가끔은 끓여 마시기도 한다. 다수의 세제류는 리필 제품과 비누 바를 주로 사용하려 하고, 화장품 역시 유리병에 든 크루얼티 프리 제품을 사용하려고 노력 중이다. 올바른 재활용품 분리배출은 기본, 쓰레기를 만들어내지 않는 것만큼이나 잘 버리는 것 또한 중요하다.

대단한 실천처럼 보이지만 사실 대단할 것은 하나도 없다. 제

로웨이스트 실천의 이상적 원칙 앞에서 현실적 변칙이 끼어드는 일은 다반사다. 어딘가 크고 작은 구멍이 숭숭 뚫려 있을 나의 제로웨이스트. 일단 나의 제로웨이스트 실천 노력은 여기까지다. 더 이상의 노력은 내가 소화할 수 있는 범위를 넘어서는 것. 제로웨이스트 실천이야말로 노력의 가짓수보다 노력의 지속성이 훨씬 중요한 법이다.

여기에 하나 더. 노력으로써의 제로웨이스트 실천이 아닌 라이프스타일로써 나만의 제로웨이스트 실행 원칙을 보태본다. 물건을 생산하고 소비하는 데도 그에 대한 책임이 뒤따른다는 사실을 알게 된 건 꽤 오래 전의 일이다. 전 세계 수많은 디자이너의 롤모델이자 학창 시절 나의 롤모델이기도 했던 세계적인 산업디자이너 '필립 스탁'. 그가 자신의 디자인을 '아무짝에 쓸모없는 크리스마스 선물'에 비유하며 스스로가 쓰레기 생산의 주범이었다는 자기반성적 은퇴를 선언한 이후, 디자인과 소비에 대한 나의 가치관도 조금씩 바뀌기 시작했다.

디자인 연구자로서의 나는 '어떻게 (아름답게, 편하게, 안전하게, 쉽게…) 디자인할 것인가'에만 집중했지 '어떻게 디자인이 버려질 것인가'에 대한 생각은 하지 않았다. 그리고 소비자로서의 나는 '나를 위한 소비'만 즐겼지 '지구를 위한 소비'의 지속가능성에 대한 생각은 하지 않았다. '아, 꽤 책임감 강한 사람이라고 자부했었는데….' 그 책임감 또한 나만을 위한 이기적인 책임감이었구나 싶어 한동안 나를 반성했다.

더는 함부로 물건을 사고 버리지 않는다. 대충 사용하고 조금 사용할 물건은 애당초 관심조차 두지 않는 것이 현명한 소비의 지름길이다. 물건 하나를 제대로 골라 오래도록 사용하는 것이 지구를 위한 지속가능한 소비의 해법일지 모른다.

예를 들면 이런 것이다. 만 원짜리 에코백을 여러 개 사는 대신 십만 원짜리 에코백을 한 개 사서 닳도록 사용한다. 그동안에는 공짜 에코백도 모두 거절. 에코백을 무슨 십만 원이나 주고 사냐 싶겠지만, 상대적으로 큰 값을 지불한 물건에 대해서는 애착이 커지기 마련이다. 그리고 그 때문에 더 오래 사용하려는 마음가짐을 가질 수 있다. 공짜 에코백은 쉽게 버릴 수 있지만, 십만 원짜리 에코백은 쉽게 버리지 못하는 것이 보통의 마음이기 때문이다.

터무니없이 값싼 물건에는 도통 애착심이 생겨나지 않는 건 왜일까. 어떤 물건에 애착이 없다는 건 그 물건을 오래오래 사용할 마음도 없다는 뜻일 것이다. 애착 없는 물건이야말로 아무 때고 쓰레기통에 던져버릴 수 있는 그다지 중요하지 않은 하찮은 물건임이 틀림없다. 물건의 절대적 가치를 값으로 평가할 수는 없지만, 온전한 값을 지불했을 때야말로 나 스스로가 물건의 가치를 제대로 인정할 수 있고, 인정한 가치만큼 물건을 소중히 사용할 수 있는 법이다.

쓰레기를 어떻게 재사용(재활용)할 것인가는 나의 선택이 아닌 사회적 시스템의 문제지만 쓰레기를 어떻게, 얼마나 버릴 것인가는 나의 선택과 결정으로 이루어진다. 제로웨이스트의 기본은 단연코 낭비를 줄여 지구자원을 보호하는 것이다. 때문에 아무 물건을 마구 소비하는 것 말고 내 삶에 가치를 보탤 수 있는 물건을 선택적으로 소비함으로써 미약하게나마 지구 건강에 보탬이 될 수 있길 바라본다. 그렇게 나는 오늘도 물건을 가벼이 대하지 않는 묵직한 제로웨이스트를 실천 중이다. 오늘의 소비 물건이 내일의 쓰레기가 되지 않도록.

16

이런
삶

·

이런
살림

아이 없는 집. 그래서 살림의 크기가 작다. 삶에서 어른이라는 세상만 존재하는 우리 부부에게 꼭 맞는 살림이다. 내가 사는 살림 모습을 보고 누군가는 "애가 없으니 저렇게 살지."라고 했고, 또 누군가는 "그 집에서 애는 못 키우겠다."라고 했다. '참나. 남의 살림에 관심도 많지.' 자기 결정권을 가지고 살아가는 누군가의 삶의 모습을, 그것도 있지도 않은 '아이'를 끼워 넣어 이러쿵저러쿵 평가하는 건 분명 예의 없다는 생각이 들지만 틀린 말은 아니어서 이내 마음을 안정시킨다.

부모 됨이 어떤 것인지 정확히는 몰라도 부모가 되었다면 삶의 태도, 마음 자세, 생활 모습 면면이 지금과는 달랐을 수도 있겠다 생각했다. 살림을 사는 모습은 자기가 살아가는 삶의 모습을 반영할 수밖에 없는 것이라, 이런 삶은 이런 살림을 살 수밖에 없고 저런 삶은 저런 살림을 살 수밖에 없을 터. 만약에 우리 부부가 아이 있는 삶을 살았더라면 어떤 모습으로 살았을까.

어릴 때부터 나와 비슷한 생각, 감정, 취향을 공유했던 친구들이 하나 둘 부모가 되어가는 동안 나는 한 해 두 해 부모가 될 생각을 뒤로 미뤘다. 오랫동안 친구들은 아이를 키워내느라 바빴고, 나는 나를 키워내느라 바빴다. 그 사이 몇몇 친구들과는 공유할 것들

이 점점 줄어 더는 공유할 수 있는 것들이 없어져버렸고, 그로 인해 친구라는 인간관계도 자연스럽게 정리가 됐다. 매일같이 붙어 다녔던 옛 친구도 나이를 먹고 사는 모습이 달라지면 멀어질 수도 있는 것이더라.

그렇게 사는 것이 자연스러운 어른의 삶이라 여기며 살았다. 안 되는 일에 안달복달하지 않고 되는 일에 최선을 다하는 삶. 지나간 일에 더는 자책하지 않고 지금이 후회로 남지 않을 삶을 산다… 라고 당당히 말할 수 있으면 좋을 텐데. 현실은 왜 지금에 안달복달하고 수많은 선택에 후회가 남는 것일까.

언제부턴가 우리 또래 가까운 지인 대부분이 30평형대 아파트에 살기 시작했다. 우리 부부는 지금의 20평대 작은 집에 충분히 만족하면서도, '누가 어느 동네 어느 아파트로 이사를 갔다더라.'라는 얘기를 들으면 괜한 신경이 쓰인다. 이상한 일이다. 욕심 부릴 마음도 없으면서 욕심을 부려야 하는 것 아닌가 고민하는 꼴이라니. 이것은 도대체 무슨 마음이란 말인가. 아, 사촌이 땅을 사면 배가 아프다는 지극히 당연한 사람의 마음이구나.

나는 내가 사는 집이 부동산의 가치보다 살아가는 가치가 빛

나는 집이길 바란다. 때문에 더욱 내가 좋아하는 것을 찾아 취향
껏 살림을 살길 원한다. 최소한의 것으로 넉넉하게, 간결하지만 풍
부하게, 단순하지만 재치 있게 집의 공간을 채워나갈 수 있도록 말
이다. 누군가의 말처럼 이것이 책임질 아이가 없기 때문에 가질 수
있는 자유로운 마음이라면 그 마음을 충분히 즐기면서 살고 싶다.
아이가 있든 없든 중요한 건 살아가는 삶의 모습이 바뀌어감에 따
라 살림을 사는 모습도 조금씩 바뀌어갈 수 있음을 자연스럽게 받
아들이는 것.

현재의 부족함에 애태우지 말고, 지나간 선택에 후회하지 않고
지금을 즐길 수 있는 삶과 그 삶의 모습에 맞는 살림을 살 수 있길
바라본다. 그렇게 평생 취향 살림을 살 수 있길 바라본다.

17

이사를 한다는 건

재작년 여름, 지금 살고 있는 집으로 이사를 했다. 결혼 후 다섯 번째 이사다. 어쩌다 보니 서울과 지방을 오고 가는 장거리 이사만 네 번을 했다. 작년 이사는 서울로 '컴백'하는 이사였다. 이사를 하는 데에는 저마다의 이유가 있기 마련이고, 나 또한 그랬다. 말 못할 복잡한 사연이야 어떻든 이사란 내가 가진 소유물의 전부를 옮겨 살아감의 익숙함을 등져야 하기에 못내 서운하고 아쉬운 마음이 들기 마련이다. 하지만 한편에선 새로이 둥지를 틀어야 하는 낯선 곳에 대한 기대감으로 마음이 한껏 설레기도 한다. 그 설렘 때문이었을까, 나는 이사가 좋다.

11년 전, 지방의 어느 한 반촌 도시에서 신혼살림을 시작한 스물아홉 살의 나는, 주변에 작은 편의점 하나 없던 낯선 그곳에서 살아가기 위해 많은 것에 욕심을 부렸다. 그때의 나는 아주 사소한 물건에서부터 1년에 한두 번 쓸까 말까 한 물건에 이르기까지 전부 소유해야 했다. 그것이 신혼의 단꿈이었는지, 서울살이의 그리움이었는지, 시골살이의 답답함이었는지 이젠 그 이유가 좀처럼 생각나진 않지만, 어쨌든 연고도 없는 그곳에서 삶을 핑계로 많은 것을 채우며 살았던 것만은 또렷이 기억한다. 그렇게 꼬박 2년을 살았다.

서울로 올라오는 이삿날. 2년 차 신혼부부의 살림이라고 믿기 힘들 만큼 많은 물건이 집안 곳곳에서 쏟아져 나왔다. 숱한 추억과 절대적인 필요와 즐거움의 원천과 끝없는 욕심으로 차곡차곡 모아진 것들. 그런데 이런! 집채만 한 이사 트럭에 이삿짐을 더는 실을 수가 없었다. 내가 쌓은 소유의 결과가 낳은 참담함이었다. 거실 중앙에 덩그러니 쌓인 채 갈 곳 잃은 이삿짐을 쳐다보고 있자니, 지금껏 내가 살아온 생활방식이 꽤나 후회스러웠다. 그 순간 머릿속에 '나만의 라이프스타일'을 찾아야겠다는 생각이 스쳤다. 그렇게 나는 라이프스타일에 관심을 갖기 시작했다. 변화의 시작은 때와 장소에 관계없이 불현듯이 찾아올 수 있다.

이후 많은 것이 달라졌다. 이사를 네 번이나 더했고, 거듭되는 이사에 살림살이가 꽤나 간소해졌다. 특별히 미니멀 라이프를 추구하거나 비움을 실천하고자 했던 것은 아니다. 그저 집의 크기가 커졌다 작아졌다 하는 이사를 자주 했을 뿐이다. 돌이켜보니 소유의 민낯을 들여다보는 데에는 이사만 한 것도 없다. 집안에 켜켜이 쌓인 물건을 모두 꺼내 흐트러트린 후, 새로운 공간에 잘 들어맞도록 질서를 찾는 과정을 수차례 반복하다 보면, 나도 모르는 새에 나와 물건 간에 이어진 관계의 깊이를 가늠할 수 있게 된다.

살다 보면 인간관계에서조차 정리가 필요한 법인데, 물건과의 관계 정리는 오죽할까. '꼭' 필요한 것, '죽어도' 있어야 하는 것, '자주' 사용하는 것, '진짜' 좋아하는 것, '도대체' 어디에 써야 할지 모르겠는 것, '쓸데없이' 사둔 것, '그냥' 넣어둔 것, '언젠가' 쓸모 있을 것으로 기대되는 것 등등. 그동안 물건에 붙여둔 관계 수식어만 해도 여럿이었다. 이 중 몇 개를 없앤다고 해서 삶이 불편하거나 힘들어지진 않는다. 오히려 비워낸 만큼 채울 수 있는 심적, 공간적 여유가 생겼으니 이 또한 즐거운 일이다.

내게 있어 물건과의 관계 정리는 무조건적인 비움만을 의미하진 않는다. 내겐 비우는 일만큼이나 채우는 일 또한 중요하다. 세상에는 아름답고 매력적인 물건들이 넘쳐나고, 그중 원하는 것을 소유하는 것 또한 행복의 원동력이 될 수 있다. 따라서 넘치는 관계는 줄이고, 부족한 관계를 다시 채우는 것이 진정한 물건과의 관계 정리가 아닐까.

나는 운이 좋게도(?) 남들에 비해 이사를 자주 함으로써 내 소유물과 라이프스타일을 돌아볼 기회가 많았다. 나는 결코 미니멀리스트는 아니지만, 주기적인 물건과의 관계 정리를 통해 간소하고 단정하게 사는 방법을 알아가고 있는 중이다. 또 애써 '비움'을 실천하지 않아도 내가 사는 모습이 충분히 바뀔 수 있음을 스스로 터득하고 있는 중이다.

이쯤에서 이전보다 조금 더 근사한 삶을 위한 물건과의 관계 정리를 시작해보는 것은 어떨까. 이사를 앞두고 있다면 급진적으로 관계를 정리하기에 더할 나위 없는 좋은 기회다. 지금 당장 이사를 하지 않더라도 고민할 필요는 없다. 마음만 있다면 천천히 물건과의 관계 정리를 할 수도 있다. 그것은 그저 나의 선택의 문제일 뿐이다.

18
———

작
은
살
림

우리 집은 전용면적 59㎡의 작은 집이다. 크기는 상대적이기 때문에 이보다 더 작은 집과 비교하면 '작다'는 표현이 적절하지 않을 수도 있다. 하지만 우리나라 일반 가정이 가장 선호하는 집의 크기가 전용면적 84㎡인 점을 감안하면 우리 집은 작은 집에 속한다.

집의 상대적 크기가 어떠하든 분명한 건 우리 집은 작은 집이지만 결코 좁은 집은 아니라는 점이다. 작은 집과 좁은 집은 엄연하게 다르다. 보통 작은 집을 불가변적인 집의 크기로만 평가하는 것이라면, 좁은 집은 가변적 공간의 상태로 평가하는 것이다. 따라서 상황에 따라 큰 집이 좁은 집이 될 수도 있고, 작은 집이 넓은 집이 될 수도 있다. '어떤 공간 상태를 유지할 것인가', 그것은 그 공간을 살아가는 이들의 삶의 태도와 관계한다.

이사를 많이 다니긴 했지만 넓은 집으로의 이사가 목적이었던 적은 한 번도 없었다. 오히려 지금 살고 있는 집이 여태껏 살아본 집들 가운데 가장 작은 편에 속한다. 솔직히 큰 집에 살고 싶은 욕망이 없는 것은 아니지만, 당장에 큰 집을 살 수 있는 형편 또한 아니다. 그렇다면 선택은 하나, 작은 집을 넓게 쓰는 묘안을 찾는 수밖에…. 그렇게 나는 작은 집에서 작은 살림을 살기로 했다.

여기서 잠깐! 작은 살림이라고 해서 결코 옹색한 살림을 뜻하는 것은 아니다. 작은 살림도 충분히 넉넉하고 가치 있는 것들로 채워나갈 수 있다. 작은 살림을 사는 것 또한 간소한 삶을 살기 위한 여러 가지 선택지 중 하나일 수 있기 때문이다.

내가 이상적으로 생각하는 작은 살림은 물건의 크기를 줄이는 것부터 시작해, 가짓수를 간소화하는 것으로 이어져, 궁극에는 삶을 가치 있게 만들어주는 것들로만 채우는 생활습관을 몸에 익히는 것이다. 때문에 내게 있어 작은 살림을 산다는 것은 단순히 작은 규모의 살림을 산다는 의미를 넘어 '나 정말 어떻게 살까?'라는 질문을 스스로에게 자문하는 것과 같다. 삶을 대하는 태도와 자세에 대한 끊임없는 각오와 다짐, 그것이 내가 작은 살림을 살기로 한 진짜 이유일지 모른다.

인간의 욕심은 끝이 없고 욕망에는 상한선이 없다. 욕망은 점점 더 커지기만 할 뿐 줄어들긴 어렵다. 살림 욕심은 집을 좁게 만들어 더 큰 집을 갈망하게 만들고, 집은 욕망의 상징이 되어 지금 내가 사는 현재의 모습을 불만족스럽게 만든다. 삶도 그와 마찬가지. 삶에 대한 욕심은 나를 남과 비교해 현재를 조급하게 만들고 더 잘난 나를 갈망하게 만든다. 환상 속에만 존재하는 '더 잘난 나'

라는 존재는 지금의 내 모습을 초라하고 불완전하게 만들 뿐이다.

6~7년에 걸쳐 크고 무거운 가구들을 하나씩 정리하며 끓어오르는 욕망을 가라앉히는 연습을 했다. 여러 이유로 쌓아둔 많은 물건의 가짓수를 정리하며 채우지도 못할 소유욕을 덜어냈다. 당.연.히. 이다음에 더 큰 집으로 옮겨갈 것이라는 나의 욕망이 선택했던 크고 많은 살림살이였다. 이제 세상에 당연한 것이 하나도 없다는 것쯤은 너무도 잘 안다.

작은 집에서 작은 살림을 살겠다는 나의 선택은 지금을 즐길 줄 아는 내가 되겠다는 삶의 의지를 반영한다. 더 큰 집을 향한 욕망으로 지금을 누리지 못하는 사람이 되고 싶지 않았다. 지금 내가 사는 모습도 충분히 가치 있다고 믿는 마음, 그렇게 나 자신을 존중하는 마음, 작은 살림을 살면서 한동안 잃어버렸던 나를 위한 마음들을 하나씩 챙겨둔다.

앞만 보고 달리는 삶의 트랙에서 벗어나 지금을 걷는 삶의 트랙을 선택한 나. 여전히 나보다 빨리 달리는 누군가를 볼 때면 걸음걸이가 빨라지고 나의 선택이 잘못됐을까 덜컥 겁이 날 때도 있다. 하지만 다행스럽게도 잠깐의 기우에 불과하다. 이제 제법 현재에

집중하는 삶에 익숙해져가고 있으니까.

집의 크기와 무관하게 오래도록 작은 살림을 살고 싶다. (집 분위기와 형편에 잘 어울리는 살림을 격에 맞는 살림이라 부를 수 있다면) 격에 맞는 살림살이를 갖추어두고 그것들을 즐기고 누리는 그런 삶을 살고 싶다. '집'은 지금 내가 어떤 삶을 살고 있는지를 엿볼 수 있는 공간이고, 내가 사는 '살림'은 진짜 내 모습을 드러낼 수 있는 생생한 삶의 현장이다.

그래서 나는 오늘도 작은 우리 집에서 사부작사부작 작은 살림을 산다.

19
_____

집생활자

집 바깥에서 하던 일을 하나 둘 정리하고, 집 안에서 하는 일을 하나 둘 준비하는 집생활을 시작했다. 회사에서 이 일 저 일 하는 것을 회사생활이라고 하듯, 집에서 이 일 저 일 하는 것을 집생활이라 부르기로 했다(물론 비공식적으로). 그런데 참 이상하게도 나를 잘 모르는 사람들에게 집생활을 한다고 말하면 '아~ 가정주부시구나…'라는 짧은 반응을 내뱉고 이내 관심을 접는다. 물론 나에 대한 관심을 접어주는 것이야 너무 땡큐이지만, 단지 주부라는 이유로 관심을 접는 건 기분이 좀 묘하다. 집생활을 한다고 해서 무조건 주부일 거라 단정 지어 생각하는 것도 이상하고, 주부라 한들 그게 뭐가 어때서 관심을 접는 것인지 그 또한 이상할 일이다.

성별과 무관하게 가정의 살림살이를 꾸려가는 사람을 주부라 한다면 우리 집을 대표하는 주부는 단연 나다. 대학에서 학생들을 가르칠 때도 주부였고 매일 밤낮없이 연구실에 처박혀 있을 때도 주부였다. 내가 어떤 명함을 가지고 있든 집에선 일단 주부다. 따지고 보면 주부란 가정에서의 역할을 의미하는 것이지 직업명이 될 수 없는 것임에도 도대체 누가 언제부터 주부를 직업이라 불렀을까. 나는 사람들에게 단순하게 '그냥 주부'로 불리고 싶진 않다. 어떤 주부일지는 사는 모습에 따라 천차만별일 수 있으니까.

어제까지 사람들은 나를 '박사님, 교수님, 선생님'이라 불렀는데, 지금은 '고객님, 아줌마, 저기요'라고 부른다. '박사 주부'와 '저기요 주부'는 세상이 나를 판단하는 뉘앙스가 달랐고, 나 역시 주부에 대한 당당함의 뉘앙스가 달랐다. 이거 혹시 자격지심? 그래. 이럴 때일수록 나를 객관화할 수 있어야 한다. 하루 중 대부분을 집에서 보내며 집안일을 하고 돈 되는 일 / 돈 안 되는 일, 돈 쓰는 일 / 돈 버는 일, 재미있는 일 / 하기 싫은 일, 자초한 일 / 부탁받은 일, 이 일 저 일을 하면서 집생활을 하고 있는 나. 집생활을 하는 사람을 뭐라고 부를 수 있을까 생각해보다가 '집생활자'라 이름 붙이는 게 좋겠다 싶었다. 그래, 이제부터 나의 직업은 집.생.활.자.다.

집생활을 시작한 지 이제 겨우 몇 달. 그럼에도 나의 집생활은 꽤 만족스러운 편이다. 회사생활로의 이직은 전~혀 생각하지 않는다. 원래도 보통의 회사생활은 하지 않았었지만…. 집생활을 시작하고 갓 맡게 된 업무는 집안일 외에 가계 전략 수립(=가계부 작성), 신규 살림 상품 기획(=쇼핑), 콘텐츠 마케팅(=SNS 피드 관리), 온라인 플랫폼 분석 관리(=SNS 기웃대기) 정도가 전부였지만, 최근엔 업무의 범위가 글을 쓰는 것으로까지 확대되어 출간을 위한 책(바로 이 책)을 준비하는 동시에 모 가구회사 웹매거진에 글을 기고하게 됐다. 집생활도 회사생활만큼이나 엄청 바쁘다는 사실을 회사생활자들이 알아주었으면 좋겠다 싶은 마음이다.

참 다행스러운 것은 내가 단지 여자라는 이유가 아니라 살림 꾸리기를 좋아하는 이유로 우리 집 대표 주부가 되었다는 점이다. 내가 집 바깥에서 하던 일을 모두 내려두고 온전히 집생활을 하겠다고 결심할 수 있었던 것 또한 주부로서 좋아하는 '집'에 집중할 수 있었기 때문인지 모른다. 정성스럽게 살림을 살며 매일의 내가 사는 모습을 SNS에 기록하고, 나의 취향 살림과 삶의 태도에 대한 자잘한 생각들을 줄글로 끄적일 수 있었던 것도 전부 내가 주부였기에 가능했던 일이다.

집생활에 그 어느 때보다 진심인 나. 좋아하는 살림 꾸리기를 자양분 삼아 내가 앞으로 어떤 일을 하게 될지 아직 모른다. 하지만 한 가지 확실한 건 이제 나는 더 이상 '박사님'이 아닌 '페코님'일 뿐이라는 것. 박사님으로 불리던 시절, 세상이 내게 거는 기대는 컸고 내가 선택할 수 있는 것들을 너무 적었다. 페코님으로 불리는 지금, 세상이 내게 거는 기대는 하나도 없지만 내가 선택할 수 있는 것들이 점점 늘어간다. 전에는 느껴보지 못했던 만족이라는 삶, 그것이 페코의 삶이다.

페코님, 페코여사, 미세스페코, 주부페코... 세상이 나를 뭐라고 부르던 나는 집생활자다. 어제의 집생활과 오늘의 집생활이 똑같지 않기를 바란다. 항상 새로운 경험들이 가득 차는 집생활을 기대한다. 아주 오래도록 "집에서 너란 사람이 느껴져"라는 따뜻한 말을 들을 수 있었으면 좋겠다. 그렇다면 우선 '집'이라는 무한 궤도선이 동력을 잃지 않도록 오늘도 분주히 나만의 취향 살림을 꾸려야 할 테다.

"그럼 오늘은 소파를 쪼~~오금 옮겨볼까?"

20

공동생활 질서

브로에게

너와 내가 만나 부부가 된 지 벌써 여러 해. 우리가 연인이었을 때 너를 향한 사랑의 감정으로 내 마음이 불타올랐다면, 부부가 된 후부터 너에 대한 노(NO) 이해로 내 속이 터져버릴 것 같은 날이 참 많더라. 물론 너도 그랬을 테지만…. 전에 없던 너와 나의 공동생활. 나는 질서에 엄격한 편이고 너는 질서에 느슨한 편이니, 가급적 네가 나의 질서를 따라주면 고마울 것 같아. 집을 가꾸고 보살피는 몇몇 집안일에 대해 꽤 높은 기준을 가지고 있는 내가 다소 낮은 기준을 가진 너에게 맞추기란 쉽지 않은 일. 너의 속 깊은 이해를 빌어볼게.

너의 베프가

좋아하고 선호하는 마음의 끌림을 취향이라 부른다면 그와는 정반대인 싫어하고 비선호하는 마음 역시 취향이라 할 수 있지 않을까. 모르긴 몰라도 싫어하는 것 또한 분명 취향의 단편일 수 있다. 때문에 서로의 취향을 존중해 서로가 싫어하는 행동을 보여주지 않는 배려가 결혼생활이라는 공동생활 질서를 유지하는 비결 중 하나다. 물론 나의 취향이 브로의 취향보다 훨씬 다양해 브로가 나보다 더 힘들 게 분명하지만.

신혼 초 내가 바라는 공동생활 질서는 정리와 위생에 관한 몇 가지가 전부였다. 하지만 서로가 처음 공동생활의 합을 맞춰보는 까닭에 단번에 모든 것을 합체하기 어려워 우선 위생에 관한 몇 가지 바람을 내비쳤었다. 정리는 나 혼자서도 충분히 할 수 있는 것이었지만 위생은 공동체 구성원 모두가 함께 지켰을 때 최적의 상태를 유지할 수 있는 것이었기 때문이다. 그렇게 공동의 위생질서 유지를 위한 몇 가지 규칙을 정했다.

샤워하기 전에 이불 속에 들어가지 말 것, 외출복 입고 침대에 걸터앉지 말 것, 침대에서 음식 먹지 말 것, 도서관에서 빌린 책은 침대와 식탁에서 읽지 말 것, 택배 상자 거실로 가지고 들어오지 말 것, 택배 상자 열고 손 씻은 후에 내용물 꺼낼 것, 장바구니 (외부 공간) 바닥에 내려놓지 말 것, 우유팩/맥주캔 등은 꼭 씻어서 냉장고에 넣어둘 것, 식탁에 가방/쇼핑백 올려두지 말 것, 이거 하지 말 것, 저거 하지 말 것, 그거 하지 말 것 등등등….

규칙이라 읽고 내가 싫어하는 것들이라 말할 수 있는 것, 조금 과할 수 있는 나의 '싫어하는' 행동들을 이해해주고 배려해준 브로의 마음 씀씀이가 그저 고맙다. 그런데 여기서 놀라운 건 몇몇 규칙들은 이제 브로의 생활습관이 되어버렸다는 것. 그러는 동안 브로는 (비공식) 자타공인 깔끔한 댄디남(?)으로의 이미지도 완성됐다. 집 안팎에서의 완벽한 사회화. 공동생활 질서가 안겨준 최종 승자라고나 할까.

공동생활 질서를 세우는 이유는 이런 것일지 모른다. 서로 다른 사람이 만나 상대의 취향을 존중하고 그 취향에 나의 일부를 맞춤으로써 상대를 조금 더 닮고 싶다는 무의식적 끌림. 나의 배려와 노력이 상대방을 위한 것이라 으스대지 않고 '너와 나' 모두를 위한 것이라 여기는 마음. 나의 태도가 바뀌고 생활습관이 바뀌고 그래서 결국 나란 사람이 바뀌면 상대를 온전히 이해할 수 있을 것이라는 믿음. 이 때문에 부부는 서로 닮아갈 수밖에 없다. 공동생활을 같이 한 시간이 길면 길수록 더욱더.

자, 그럼. 지난 10년간 위생에 관한 공동생활 질서로 하나가 되었으니, 이제 정리에 관한 공동생활 질서 규칙을 세워볼 차례. 준비됐나, 브로?

21

살림에 권태가 있어도 될까

살림에 권태가 찾아왔다. 결혼생활 11년 만이다. 초기 증상은 제법 가벼워 그게 권태인지 뭔지도 몰랐다. 시간이 갈수록 점점 '청소하기 싫어. 설거지하기 싫어. 빨래하기 싫어. 이거 싫어. 저거 싫어.' 여러 증상이 더해지더니 급기야 '밥하기 싫어'를 외치는 지경에 이르렀다. 이 정도면 중증이다.

다른 집안일이야 조금 미뤄도 그만일 수 있지만 '밥하기'는 결이 조금 다르다. 밥은 생존의 문제다. 왜 하필 먹고사니즘과 직결한 밥하기에서 극도의 권태가 온 걸까. 아무리 그래도 밥은 먹고살아야 하는데 큰일이다. 밥하기가 노동처럼 느껴지는 요즘. 사랑하는 가족을 위한 식사 준비를 노동이라 여기는 나에게 주부로서의 자격이 없다고 한다면, 그냥 그러라고 해야지 뭐.

"저기요, 그런데 제 말 좀 들어보세요!"

아침은 먹지 않고, 점심은 주로 빵과 과일 같은 걸로 가볍게 식사를 하지만 저녁은 좀 다른 얘기. 브로와의 하루 한 끼 식사를 제대로 차려 먹고 싶었던 게 욕심이었을지도 모른다.

밑반찬은 잘 먹지 않아 냉장고 속 반찬은 김치와 한두 종류의

젓갈류가 전부. 때문에 끼니때에 맞춰 장을 봐 저녁식사를 준비하는 게 보통이다. 고기나 생선으로 메인 메뉴를 정하고 그에 어울리는 국이나 찌개로 사이드 메뉴를 준비한다. 반찬은 제철 채소를 활용한 몇 가지 나물류나 무침류가 대부분. 모두 조금씩 준비해 대게 한 번 먹고 '땡' 치워버린다. 손이 꽤 빠른 편인데도 저녁식사 준비에 걸리는 시간은 대략 약 1시간 30분 남짓. 솔직히 꽤 성가신 라이프스타일이다. 고생을 사서 하는 느낌이랄까.

하지만 진짜 문제는 지금부터다. 어떤 일에서든 성취라는 피드백을 남들보다 중요하게 여기는 나란 사람은 밥을 하는 집안일에서 조차 성취감을 맛봐야 직성이 풀리는 사람이었던 거다. 정신없이 바쁘게 살면서도 어떻게든 근사한 저녁 한상을 차려내려고 했던 지난날을 돌이켜보면 스스로 '일도 잘하고 살림도 잘하는 퍼펙트한 여자'가 되려는 성취동기가 작용했던 거겠지. 나는 또 그걸로 브로에게 얼마나 많은 생색을 냈던가. 정말 코미디가 따로 없다.

여기에 문제는 하나 더. '나의 손맛' 식당 손님은 11년째 브로한 명뿐. "맛있어?"라는 질문도, "맛있어!"라는 답변도 조건반사 수준이다. 만약 아이가 있었더라면 정성스레 준비한 밥상에 둘러앉은 가족이 서너 명은 되었을 테고, 그랬다면 좋아하는 반찬이 서로 달라 밥상 위에서 이루어지는 홈 미슐랭 평가도 다이내믹했을지 모른다. 또 그 밥을 먹고 쑥쑥 자라는 아이 모습에 뿌듯해하며 주부로서 아니 엄마로서 강한 성취감과 만족감을 느꼈을지도 모를 일. 물론 전부 상상이지만.

그러나 현실은 저녁밥을 잔뜩 먹고 불룩 튀어나와 있는 뱃살 뿐. 이것은 성취는커녕 자기 관리 실패가 아닌가. 그래서 매일이 권태롭다. 나는 무엇을 위해 매일 밥을 차려내야만 할까. 이 권태의 끝은 도대체 어디쯤일까.

연일 계속되는 나의 권태로움에 브로로부터 극약처방이 내려졌다. "제발, 아무것도 하지 말고 놀아." 브로의 처방에 따라 살림에서 잠시 떨어져 있어야지. 나의 권태가 오래 지속되면 될수록 가장 힘들 사람은 단연 브로다. 그런 브로를 위해서, 그리고 나를 위해서 이 권태로움에서 빨리 벗어나야겠다고 생각했다. "그런데 도대체 어떻게 벗어날 수 있는 거냐?"

어느 날 불현듯 찾아온 살림의 권태. 게으르고 무기력한 마음 상태를 무력화시키기 위해 나는 무엇을 할 수 있을까. 우선 내일은 엄마에게 전화를 해봐야겠다. 엄마는 살림을 사는 동안 권태가 오지 않았었냐고. 내 나이보다 많게 살림을 살아내느라 힘들었겠다고. 왜 그동안 힘든 내색 한번 하지 않았었냐고…. 그러면 분명 이렇게 얘기하겠지. 너희들 키워내느라 힘든 줄도 몰랐다고.

근데 엄마…. 나는 엄마처럼 엄마를 해본 적이 없어서 이것도 힘들고 저것도 힘든데… 이런 나를 어쩌지?

괜스레 마음이 슬퍼지는 밤이다.

22

세미
미니
멀 라
이
프

미니멀 라이프가 시대의 화두다. 비움, 정리, 적게 소유하기 등 관련 키워드도 다양하다. '일상생활에 꼭 필요한 물건만으로 살아가는 단순한 생활방식'을 미니멀 라이프라고 한다면, 나는 이 시대가 정의하는 미니멀 라이프를 살고 있지는 않다. 나는 여전히 불필요한 것들을 소유하고, 충동적으로 물건을 고르기 일쑤며, 무엇보다 필요한 물건만 소유하고 살아갈 자신이 없다. 나는 언제나 소유의 기쁨을 누리며 살길 원한다.

신기하게도 가끔 SNS를 통해 내게 '미니멀 라이프의 모습이 보기 좋다'라는 내용의 응원 메시지를 보내주는 분들이 있다. 하지만 정작 메시지를 받은 나는 '오잉? 내가 미니멀 라이프를?' 속으로 매우 의아한 생각이 들어 곧바로 내가 사는 삶과 살림의 모습을 되돌아보게 된다. 내가 사는 모습이 왜 미니멀 라이프처럼 비쳤을까.

미니멀 라이프에 대한 온전한 이해가 필요했다. 몇 권의 책을 통해 미니멀 라이프가 물질적 소유의 굴레에서 벗어나 정신적으로 건강하고 담백한 삶을 지향하려는 개인의 노력 과정 전반을 의미한다는 사실을 알게 됐다. 그중에서도 특히 '비움'은 물질적 군더더기를 빼는 과정에서 인간의 원초적인 본성인 소유욕을 극복해야 하는 강력한 개인의 실천의지 중 하나라는 사실도 알게 됐다. 결국

미니멀 라이프라는 것은 삶의 결과가 아닌 과정으로써, 삶의 변화를 향한 스스로의 의지와 노력이 뒷받침되었을 때 라이프스타일로써의 면모를 보여줄 수 있는 것이었다.

그런 것이라면 나는 더더욱 미니멀 라이프를 살고 있지 않다. 무엇보다도 나는 현재의 내가 사는 모습을 변화시키고 싶은 의지가 없다. 나는 그저 군더더기를 뺀 단순하고 심플한 '스타일'을 취향으로, 소유의 절대적 양이 아닌 상대적 질을 따지고, 비움이라는 실천의지가 아닌 정리정돈이라는 생활습관으로 매일을 살 뿐이다. 만약 이런 삶의 태도가 미니멀 라이프와 결을 같이 한다면 반쪽짜리 미니멀 라이프를 산다고 말할 수 있을까?

혹시 '세미(Semi) 미니멀 라이프?' 결코 완벽한 미니멀 라이프는 아니지만, 미니멀 라이프에 어느 정도 걸쳐 있는 반쪽 미니멀 라이프 말이다. 뭔가 내가 사는 삶의 모습과 제법 어울리는 느낌이다. 그래, 이제부터 남들에게 이렇게 말해야겠다. 나는 '세미 미니멀 라이프'를 살고 있다고.

나만의 라이프스타일을 갖기 위해서는 직업이나 전공과는 별개로 내가 진짜 잘하는 것이 무엇인지를 찾는 것이 무엇보다 중요하다고 생각한다. 흔히 특기라고 부르는 것들 말이다. 이력서에는 쓰지 못하는 리얼하게 사소하고 리얼하게 일상적인 특기가 더 소중할 수도 있다.

나는 여러 물건에 대한 관심이 많을 뿐 아니라 물건 찾는 능력이 꽤 좋은 편이다. 군더더기 없는 심플한 스타일과 무채색을 주로 선호하지만 좋아하는 컬러에 대한 취향은 확실하다. 유난히 깨끗한 것에 민감한 '엄마 딸'로, 유난히 정리정돈에 민감한 '아빠 딸'로 태어나는 바람에 청소와 정리는 누구보다 잘한다. 더불어 결혼살이 11년간 의도치 않게 다섯 번의 이사를 하느라 자의 반, 타의 반으로 살림살이를 걸러내는 현실적 노하우를 가지고 있다는 것도 특기라면 특기일지도 모르겠다.

나는 지금 오랜 디자인적 취향과 불가항력적 엄마 아빠의 DNA, 효율적 이사를 위한 반강제적 비움 등으로 점철된 나만의 세미 미니멀 라이프를 살고 있다. 이것은 내가 남들보다 조금 더 잘하는 것을 찾아서 살아가는 현재의 모습이자, 미래를 향한 내 의지를 반영한다.

비움이 아닌 채움으로 일관된 삶일지라도, 나는 취향을 마음껏

드러내며 흐트러짐 없이 반들반들한 살림을 살기 원한다. 때문에 유행은 따르되 꼭 내 취향을 담은 물건을 선택하고, 가능한 소비 범위 안에서 만큼은 물건의 가격보다 가치를 선택의 기준으로 삼는다. 더 나아가 평생 살아가는 동안 좋아하는 디자이너 작품 몇 개 정도는 살림살이로 들일 수 있을 거라는 마음의 여유를 품고 산다. 물건도 각자의 자리가 있을 거란 생각에 살림살이의 위치를 매일 조금씩 옮겨보고, 살림을 사는 모습 또한 나의 또 다른 얼굴이란 생각에 매일 말끔한 모습을 유지하려고 애쓴다. 이것이 내가 사는 세미 미니멀 라이프다.

우리의 삶은 늘 시행착오의 연속이다. 살림 또한 마찬가지다. 아무리 좋아 보이는 것들도 내게 맞지 않으면 아무런 소용이 없다. 때문에 번번이 시행착오를 거듭할지라도, 나와 내 가족에게 어울리는 라이프스타일을 찾기 위한 노력이 필요한 것이다. 나는 지금의 살림 모습을 갖추기까지 10여 년의 시간이 걸렸다. 늘 한결같은 모습으로 살아갈 순 없겠지만, 분명한 것은 나는 늘 담백한 삶을 살기 위해 노력했고, 지금도 노력 중이고, 앞으로도 계속 노력할 것이라는 점이다. 때문에 다른 이들의 눈에 내가 사는 살림이 미니멀 라이프를 실천하는 실천가의 모습이 아닌, 그저 '단정한 살림'을 사는 평범한 주부의 모습으로 기억되었으면 좋겠다.

23

문제의 재사용

며칠 전, 인터넷을 뒤적거리다가 '포장용 죽 통을 다시 사용하면 가난한 것이냐?'라는 다소 자극적인 질문으로 시작하는 내용의 글을 봤다. 내용은 대충 이렇다. 글을 쓴 이는 한 아이의 엄마였는데, 아이 친구가 집에 놀러 와 주방에 재사용 중이던 플라스틱으로 된 포장용 죽 통을 보고 갔더랬다. 그리고 얼마 후 아이의 학교 친구들이 '쟤네 집은 가난하다.'며 피하더라는 것.

하아. 머리를 한 대 얻어맞은 기분이었다. 나 역시도 경쟁 자본주의에 지쳐 있으면서도, '뭐니 뭐니 해도 머니(Money)가 좋지'라는 생각에 사로잡혀 살아가는 이율배반적인 어른 아니었던가. 나는 과연 친구를 따돌렸던 아이들에게 한 점 부끄럼 없이 "너희들 그런 말 하면 안 돼!"라고 따끔하게 얘기할 수 있는 도덕적인 어른일 수 있을까? 그런데 한 발짝 안으로 들어가 생각해보면 과연 친구를 가난하다고 피했던 아이들의 언행이 과연 스스로의 생각이었을까?

그러고 보면 나도 어릴 적 플라스틱 통을 재사용하는 엄마에게 구질구질하다며 엄마 살림에 손을 댔던 것 같다. 엄마는 그것을 살뜰함이라 불렀고, 어린 나는 그것을 구질구질함이라 불렀다. 살뜰함과 구질구질함의 애매한 경계선, 그 경계선의 기준은 어떻게 다를까.

일본 어느 사찰의 주지이자 정원디자이너 겸 베스트셀러 작가이기도 한 '마스노 순묘(ます野俊明)'의 얘기로 그 경계를 조금 이해할 수 있을 것 같았다. 그는 '검소'와 '간소'의 차이를 '가치'로써 설명하는데, 검소란 가치를 따지지 않고 사는 것이기에 돈을 들이지 않더라도 살아갈 수 있는 반면, 간소란 자신의 삶에 꼭 필요한 것이 무엇인지를 따져 가치 있는 것들을 골라 사용하며 살아가는 것이라 했다. 따라서 삶을 살아가는 동안 어떤 것에 검소할 것인지, 어떤 것에 간소할 것인지 구별하는 능력을 키워야 한다고 우리에게 조언한다.

결국 문제의 플라스틱 통 재사용은 재사용 자체의 문제가 아니라, 평소 어떤 태도로 각자의 삶을 대하느냐에 대한 포괄적인 이해와 접근이 필요한 문제였던 것이다. 우리 엄마의 삶도, 인터넷 속 아이 엄마의 삶도 재사용된 플라스틱 통 하나만으로 이러쿵저러쿵 평가받을 수는 없다.

어렸던 내가 주부가 되어 엄마를 닮은 살림을 산다. 나는 어제 감자 샐러드를 만들어 플라스틱 재사용 통에 담아두었다. 며칠 전

김말이 3개를 과포장해 받아온 결과물이었다. 깨끗이 씻어 말려두었다가 감자 샐러드 한 통을 꼭꼭 채워 담아주니 샐러드 바에서 포장해온 듯한 느낌이다.

내가 원하는 간소한 삶은 이런 느낌을 포함한다. 내게 꼭 필요한 것들을 따져 가치 있는 것들을 골라 사용하는 것은 물론이고, 알뜰하면서도 가치 있게 보일 수 있도록 살뜰하게 살림을 사는 것. 무언가를 재사용하고 어떤 것을 조금 아끼더라도, 재사용한 티가 안 나고 아낀 티가 나지 않게 사는 것. 그것이 내가 원하는 간소한 삶의 단편이다.

어른의 세상에선, 아니 이제 아이의 세상에서조차 상대와 나 사이에 존재하는 보이지 않는 선을 넘지 않기 위해 부단히 노력해야만 한다. 모든 것이 상대평가되는 세상에서 언제고 내가 손가락질을 받는 대상이 될 수도, 내가 남에게 손가락질을 하는 무자비한 사람이 될 수 있단 걸 잘 알기 때문이다. 한 사람의 삶 전체를 어느 일면으로만 평가한다는 것은 선을 넘는 행위가 분명하다.

선을 넘나들며 사는 편협하고 옹졸한 어른이 되지 않기 위해, 도덕적이고 품위 있는 어른이 되기 위해 오늘의 나에게 이야기한다. 오늘 하루 참 잘 살았다고, 오늘 하루 조금 의젓하지 못했다고, 오늘 하루 성급함 투성이었다고, 오늘 하루 조금 멋있었다고….

그렇게 어제의 내가 오늘의 나를 다시금 알아간다.

PART 3

살
림

24

지
도
를 그
리
는 일

어수선한 집을 신박하게 정리해주는 예능 프로그램이 인기다. 집 정리를 의뢰한 연예인 집을 방문해 어지러운 살림살이를 말끔하게 치우고 집 공간에 안락함을 더해줄 정리 노하우를 공유하는 것이 이 프로그램의 시청 포인트다. 나도 그 방송을 대여섯 번 챙겨보았는데 집 정리 전후 모습을 비교하며 놀라는 재미가 쏠쏠했다. 그런데 방송이 끝나고 잠자리에 들기 전 꼭 떠오르는 생각 하나. '다른 사람이 집을 정리해주면 나중에 그 집 가족들이 필요한 물건을 제때 잘 찾을 수 있을까?'

정리란 혼란스러운 상태에 있는 것을 치워 질서 있는 상태가 되게 하는 것을 뜻한다. 한 폭의 그림처럼 결과로써 완성되는 것이 아니라 단어의 뜻 그대로 그러한 '상태'가 되기 위한 과정이다. 때문에 하루하루 시간을 쌓아 조금씩 변해가는 '집'이라는 생활공간은 매일의 정리가 필수다. 가족 중 누군가 혹은 며칠만 손을 놓아도 금세 카오스 상태가 되어버리는 마법의 공간, 집. 카오스가 몰려오기 전 매일 조금씩 집의 질서를 지켜주는 수밖에.

정리깨나 한다고 자부하는 나지만 집 정리가 매일매일 즐거울 리 없고 솔직히 하기 싫은 날도 많다. 그런 날은 정리 따위 하루쯤 하지 않으면 그만이다. 몸과 마음이 지칠 만큼 정리에 집중하는 건

마음이 아프다는 신호일지도 모른다. 늘어져서 쉬고 싶지 않은 사람은 없고 나가서 놀고 싶지 않은 사람 또한 없다. 간혹 "집에 있는 동안 집 정리만 하세요?"라는 질문을 받을 때면 이제 당황하지 않고 질문 반사. "저 집 정리만 하지 않아요."라고 대답하는 것도 좀 웃긴 일이다.

깔끔한 정리박스를 하나로 통일시켜 열에 맞게 물건들을 착착 넣어두는 것이 집 정리의 전부는 아니다. 정리박스가 정리의 수단은 맞지만 정리의 목적이 될 수는 없는 법. 내가 생각하는 정리의 기본은 아주 사소한 물건이라도 번듯한 자기만의 자리가 있어야 한다는 것이다. 번듯한 자리 없이 '대충', '일단', '우선' 등의 생각으로 집안 어딘가 물건을 내려놓는 순간 정리되지 않은 어수선한 집이 되기 십상이다.

때문에 집에 새로운 물건을 들이고 싶을 때면 그 물건을 어디에 둘 것인지부터 생각하게 된다. 딱히 떠오르는 자리가 없다면 물건 사기는 일단 보류다. 정리와 소비를 하나로 묶어 생각하면 소비하고 싶어서라도 정리를 하게 되고, 정리하기 싫어서라도 소비를 덜하게 되는 일석이조의 효과를 노릴 수도 있다.

1인 가구가 아니고서야, 집은 보통 가족이라는 공동체를 위한 생활공간이다. 때문에 집 정리가 주부 혼자만의 일이 되어서는 안 되고, 물건의 자리 역시 주부 혼자만 알고 있어서도 안 된다. 모든 물건에 각자의 자리를 만들어준다는 것은 우리 가족끼리만 아는 비밀스럽고 은밀한 이야기를 만든다는 뜻이다. 그리고 그 이야기를 가족 모두가 공유했을 때 비로소 집 정리가 주부 혼자만의 몫이라는 무거운 생각에서 벗어날 수 있다.

나는 집 정리가 세상에 단 하나뿐인 우리 집만의 '지도를 그리는 일'이라고 생각한다. 지도를 보고 누구나 목적지를 정확하게 찾아가는 것처럼, 집 정리가 잘 되어 있을 때 가족 모두가 필요한 물건을 제때 꺼내어 사용할 수 있다. 간단한 지도가 보기 편하듯 물건을 단순하게 정리해둔 집이 물건 찾기가 훨씬 쉬워지는 것은 맞지만, 복잡한 지도가 잘못된 것이 아니듯 물건이 빽빽하게 정리된 집이라고 해서 집 정리가 잘못됐다고 할 수는 없다. 물건을 일정한 체계로 분류해 다시 한데 모아 공동의 질서를 찾아줄 수만 있다면 물건의 양은 집의 지도를 그려내는 데에 전혀 문제가 되지 않는다.

각자 집의 사정과 형편에 맞게 세심하게 그려진 집의 지도만 있다면, 어느 공간, 어느 위치에 어떤 물건이 있는지 가족 모두가 알 수 있다. 그리고 가족 누구든 사용한 물건을 제자리에 두기만 하면 집은 금세 질서 있는 상태로 되돌아갈 수 있다. "그게 어디 있었더라?" "그거 어디에 뒀어?" "여기 있던 거 어디 있어?"와 같은 질문도, '이걸 어디에 두지?' '이걸 어떻게 하지?' '이게 뭐였더라?'와 같은 고민도 더는 필요하지 않다.

정신없고 어지러운 집이 고민이라면 물건을 조금씩 꺼내어 각자의 자리를 찾아주는 집의 지도를 그려보는 건 어떨까. 가지고 있는 물건 중에 마땅히 내어줄 만한 자리를 찾지 못한 물건이라면 추억도, 필요도, 사용할 일도 없는 내게 그저 쓸모없는 물건일지도 모를 일. 그런 물건과는 조심스럽게 쿨한 작별을 권한다.

나는 오늘도 머리보다 몸을 움직여 구석구석 물건들을 정리한다. 지금 이 순간 내게 필요한 건 스피~드. 스피드하게 집 정리를 마치면 그때부터 오롯한 나만의 시간이 시작된다.

25

가
로
세
로
병

오랫동안 '가로세로병'을 앓고 있는 나는, 눈에 보이는 대상물의 가로 행과 세로 열이 정갈하게 정돈되어 있을 때 심리적으로 편안함을 느낀다. 일종의 디자이너 직업병 같은 이 병에 걸리면 안타깝게도 죽을 때까지 회복은 불가능하다. 일종의 불치병인 것이다.

디자인대학에 입학하게 되면 기본적으로 레이아웃에 관한 실습을 우선한다. 대개 '화면 또는 공간을 어떻게 배치할 것인가'가 실습의 최종 목표지만, 반복되는 레이아웃 실습은 결국 배치에 기본이 되는 '보는 능력'과 '정리 능력'을 향상하는 데 도움을 준다. 가구를 배치하고, 옷장을 정리하고, 테이블 위를 꾸미는 등 사소하지만 일상적인 집안에서의 생활이 레이아웃과 결이 맞닿아 있어, 간결하고 단정한 살림을 유지하는 데 '가로세로병'만 한 것도 없겠다 싶은 요즘이다.

인스타그램을 통해 집 생활을 공개한 지 2년 남짓. 내 인스타그램 피드는 '정리와 깨끗함'에 관한 아낌없는 칭찬 댓글로 나날이 성장 중이다. 보통의 살림을 사는 내가 온라인상에서 '정리의 달인', '청소의 달인'으로 공개적인 칭찬 세례를 받으니 신이 나서 어깨가 저절로 으쓱해진다. 하지만 진정한 살림 고수는 저편에 존재함을 잘 알고 있고, 때문에 나는 언제나처럼 이편에 서서 보통의 살림을 살아가는 중이다.

사실 정리는 '시각적 질서'에 관한 것이고, 깨끗함은 '위생적 청결'에 관한 것이다. 때문에 정리와 깨끗함은 전혀 다른 얘기임에도 이 둘을 동일시하는 경향이 크다. 정리가 잘 된 집을 보면 청소 상태야 어떻든 깨끗하고 단정한 집이라 평가하고, 그 반대의 경우라면 청소가 잘 되어 있어도 지저분하고 정신없는 집이라 평가하는 것이 보통이다. 눈에 보이는 '시각적 질서' 상태로 살림 전체 질에 대한 절대평가가 이루어짐이 새삼 놀랍다.

물론 청소 입장에서 보면 불공평한 잣대임이 분명하지만, 어쩔 수 없이 우리는 그렇게 보고, 또 그렇게 판단한다. '보는 것이 믿는 것'이라는 자기중심적 명제는 결국 뇌 활동의 70%가 시감각에 의존한다는 과학적 사실이 밝혀지면서 기정사실화되었다. 그만큼 시각은 강력하고 절대적이다.

K-팝의 성공 요인을 다룰 때 '칼군무'를 빼놓지 않는 것은 '시각적 질서'가 우리의 눈을 즐겁게 해주기 때문일 것이다. 감히 K-팝과 비교할 수는 없지만, 미미하게나마 우리 집이 다른 이들에게 공감을 살 수 있었던 이유 중 하나는 아마 내 살림에도 약간의 '시각

적 질서'가 담겨 있기 때문이라고 믿는다.

'가로세로병'이란 재미있는 병명처럼, 나는 본능적으로 가로선과 세로선에 맞춰 물건들을 정리하려 애쓴다. 수건을 접을 때, 선반에 물건을 올려놓을 때, 서랍을 정리할 때, 책을 꽂을 때, 그 어떤 순간에라도 말이다. 레이아웃의 가장 기본이 되는 '선의 정렬', 이것이 바로 내가 사는 단정한 살림의 비밀 열쇠다. 오랜 병증인 '가로세로병'이 나만의 살림 치트키가 되는 순간, 가로세로에 대한 강박은 생활습관이 되어 내가 사는 보통의 살림을 조금 특별해 보이게 만들어준다.

하지만 모두가 나처럼 가로세로에 대한 강박이 있지는 않을 터. 분명한 것은 강박 없이도, 살림은 언제든 단정해질 수 있다는 것이다. '보는 것이 믿는 것'이라는 대명제에 따라 살림을 정리하는 데 '시각적 질서'를 맞출 수 있다면 단정한 집이 되는 것은 시간문제다. 더도 말고 덜도 말고 우리의 '눈'이 정돈됨을 느낄 수 있을 정도까지만 가로 행과 세로 열의 선을 맞춰주면 된다. 음식의 깊은 맛을 내는 데는 오랜 숙련이 필요하지만, 물건의 선을 맞추는 일은 지금 바로 시작할 수 있다.

양말을 가지런히 개어 색깔별로 양말 통에 넣어보고, 수건의 모서리를 직각으로 반듯하게 개어보고, 모니터와 키보드의 위치를 정 가운데에 맞춰 배치해보고, 테이블 위의 컵과 주전자를 옆으로 나란히 올려놓는 것부터 시작할 수 있다. 장소에 따라 한번 찾은 최적의 배열은 이후 쭉 단정한 살림을 사는 공식으로 활용할 수 있다.

나를 포함한 수많은 집생활자는 매일 다른 모습의 살림을 살기 위해 노력한다. 매일의 기분과 날씨에 따라 집안의 모습을 바꾸고, 어제보다 좀 더 편리한 생활에 대해 고민한다. 나만 만족하는 집이 아닌 가족 모두가 만족하는 집이 될 수 있도록, 오늘의 살림을 계획하고 그것을 실행한다. 우리는 인스타그램 피드 속 사진처럼 순간의 모습을 사는 것이 아니다. 때문에 찰나의 순간이 아닌, 찰나의 순간이 스쳐가는 연속된 시공간 속에서 가족 모두가 만족하는 살림을 매일 살아내야 한다. 어쩌면 그렇기 때문에 '눈'에게 약간의 '시각적 질서'를 보여줘야 하는지도 모르겠다. 우리의 '눈'은 질서 있는 살림을 단정한 살림이라 믿으며 만족해할 테니까.

26

바
로
파

집에서 사용하는 가전제품도 시절의 유행과 필요가 있어, 유행에 뒤처지지 않으려면 집 공간의 여유와 주머니 사정의 여유를 동시에 갖춰두고 살아야 한다는 사실이 조금 쓸쓸할 때가 있다.

몇 해 전부터 삶의 질을 향상시켜준다는 이유로 엄청난 상한가를 기록한 빨래건조기는 인류 최대의 발명품인 세탁기와 한 몸이 되어 떼려야 뗄 수 없는 필수가전 품목이 되어버렸고, 미세먼지엔 공기청정기, 장마철에는 제습기, 건강한 물은 정수기, 얼음물은 얼음정수기, 튀김 요리는 에어 프라이기, 삶은 계란은 에그 쿠커 등 필요의 이유도 사용의 목적도 제각각인 크고 작은 가전제품들의 등장에 정신을 못 차릴 지경이다. 이 모두를 가지려면 마르지 않는 샘물 같은 통장을 들고 적어도 50평쯤 되는 집에서 살아야 하는 것 아닌가 싶은 생각이 들 정도.

나는 빨래건조기를 사용한 지도 이제 겨우 이 년이 채 되지 않았고, 공기청정기는 개린이들 털 날림 때문에, 제습기는 습도가 높으면 잠을 잘 못 자는 탓에 사용하고는 있지만 얼음물 정수기는커녕 일반 정수기도 집에 없고, 에어 프라이기는 물론 당연히 에그 쿠커 같은 것도 집에 없다. 때문에 새로이 유행하는 가전이 등장할 때면 '이번엔 또 너냐?'라는 말이 절로 나오기 마련이다.

어쨌거나 요즘 유행하는 가전은 단연 식기세척기다. 이미 '식세기 이모님'이란 애칭까지 달고 연일 주가 상승 중인 식기세척기는 이미 대한민국 주부들의 워너비 아이템이자 결혼 필수템으로 자리매김한 듯하다. 주변에서 이러쿵저러쿵 식기세척기에 대한 얘기를 전해들을 때면 귀가 솔깃해져 구매욕이 스멀스멀 피어오르는 것도 사실이지만, 주머니 사정이야 둘째 치더라도 그것을 무턱대고 집에 들일 만큼 주방 공간이 넉넉하지 않아 더 이상의 욕구를 불태우기란 현실적으로 불가능하다.

그런 연유로 인해 나는 아직 식세기 이모님의 설거지 솜씨가 얼마나 대단한지 전혀 알지 못한다. 다만 이모님의 설거지 스타일이 '모아파'인 대신, 천천히 꼼꼼하게 일을 잘하신다는 것 정도만 소문으로 들어 알고 있을 뿐이다. "아, 모아파가 뭐냐고?" 설거지할 그릇들을 한껏 모아두고 한꺼번에 치우는 사람들을 모아파라고 부를 참이다. 그런데 나는 모아파가 아닌걸…. 나는 무슨 일이 있어도 설거지만큼은 '바로파'다. "바로파는 또 뭐냐고?" 사용한 그릇은 무조건 바로바로 씻어 버려야 직성이 풀리는 사람들의 집단이라고나 할까.

바로파에 포함되는 모두가 그런지는 잘 모르겠지만, 나의 경우

타고난 성정이 매우 급하고 싱크대에 그릇이 하나라도 쌓여 있는 꼴을 보지 못하는 탓에, 최고 성능의 식기세척기가 있다 한들 식기손척기(손 설거지)가 먼저 풀가동될 확률이 99.9999%다. 유전적으로 타고난 본성은 결코 바뀌지 않는 법이니까.

느닷없이 내가 바로파여서 다행이란 생각이 들었다. 만약 내가 모아파였더라면 분명 식세기 이모님을 집으로 모셔오고 싶어 안달이 났을 테다. 아무리 이리 살피고 저리 살펴도 식기세척기를 놓아둘 곳이 마땅치 않은 지금의 작은 집에 투덜거리며 턱도 없는 큰 집으로의 이사를 갈망했을지도 모른다. 도대체 그 식기세척기가 뭐라고.

나는 매일 식기손척기를 이용해 그릇들을 닦는다. 식기손척기의 장점은 뭐니 뭐니 해도 빠른 기동력. 물을 한 잔 마시고 난 다음에도, 식사 준비를 하는 도중에도 아무 때고 설거지를 할 수 있어 좋다. 사용한 그릇을 바로 씻어 버릇하면 컵도, 접시도, 조리도구도, 냄비도 그다지 많이 필요치 않다는 것도 큰 장점이다. 나처럼 작은 살림을 사는 사람에게 어울리는 건 바로바로 바로파인 셈이다.

하~아, 그런데 이를 어쩌나. 사실은 이것들 전부가 식기세척기를 들이지 못하는 현실에 대한 자기 합리화일 게 분명하다. 언젠가 가전매장에서 식기세척기 시연 모습을 보자마자 '어머머, 다른 건 몰라도 식기세척기는 꼭 사야겠어!'를 연신 되뇌던 사람이 바로 나 아니었던가.

그래서 나는 오늘도 바로파라는 이유를 내세워 식기세척기쯤 이야 없어도 그만이라는 자기 암시를 한다. 더는 식기세척기를 사고 싶은 마음이 생겨나지 않도록, 설거지야말로 집안일 가운데 가장 손쉬운 것이라 믿어보며 말이다.

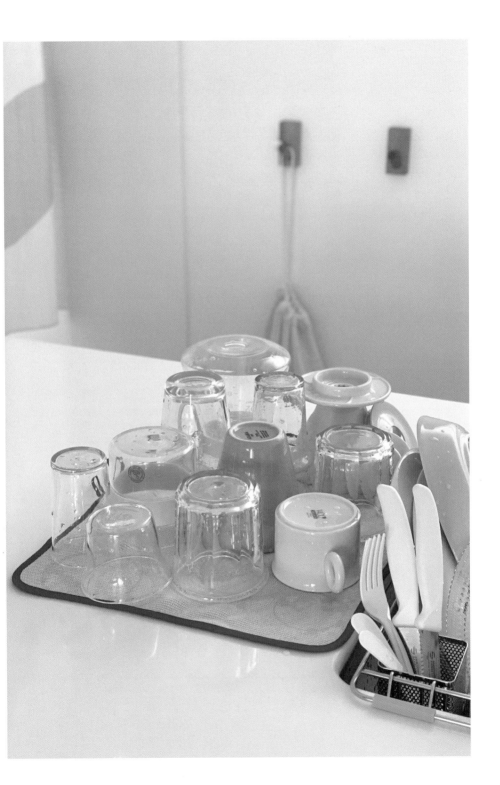

27

뭉그적뭉그적

3년 만에 필라테스를 다시 시작했다. 연일 계속되는 근육통, 일주일에 3번, 하루 50분씩 하는 운동은 그날의 난이도에 따라 다음 날 느끼는 근육통의 정도가 달라지는데, 어떤 날은 약간의 스트레칭만으로 뻐근한 근육이 풀어지는 날도 있고 어떤 날은 근육들이 온통 화가 나 있어 움직임이 곧 고통인 날도 있다. 정도야 어떻든 매일 근육통을 달고 산다는 얘기다.

곰곰이 생각해보니 요즘 집안일에 게을러진 이유가 바로 이 근육통 때문인 것 같다. 종일 팔다리가 무겁고 배와 등이 뻐근한 탓에 옴짝하기도 싫다. 당연히 빠릿빠릿하게 집안일을 해치우기란 어려운 일이다. 할 일이 잔뜩인데 느릿하게 움직이는 통에 집안일이 점점 쌓여간다. 남의 돈 받으며 일할 땐 몸이 아프거나 말거나 일처리도 빠르더니, 무급으로 사는 내 살림이라고 몸이 무거우면 '에라, 모르겠다' 심보로 뭉그적거리는 꼴이라니. 아. 돈의 노예여.

지금 우리 집에서 가장 시급한 건 무엇보다 창틀 먼지 닦기. 저 멀리 고비사막에서부터 날아온 황사와 미세먼지가 뒤엉켜 황톳빛 꺼먼 먼지가 가득 내려앉아 있는 창틀을 보고 있자니 정말 추잡스러워 못 보겠다. 당장에라도 벌떡 일어나 먼지를 닦아내면 참 좋으련만, 눈 가리고 아웅 하듯 열어놨던 창문을 닫아버리는 얄은꾀까지 부려가며 창틀 먼지 닦기를 또 미룬다. '창틀 먼지 닦기' 그게 뭐 별거라고 이렇게도 뭉그적대고 있는지…. 나도 정말 나를 이해할 수 없다. 그저 속으로 '이건 분명 근육통 때문일 거야'를 되뇌는 수밖에.

어느 집에서나 하얀 창틀을 유지하기 위해선 누군가의 품이 들지만 아무도 그 품에 관심을 주지 않는다. 아니, 창틀에 먼지가 쌓여 있다는 것조차 모르고 있을 것이다(실제로 우리 집 브로는 창틀 먼지가 눈에 보이지 않는다고 했다). 닦아두면 당연하고, 안 닦으면 무척이나 더러워 보이는 창틀 먼지, 하긴 그런 류의 집안일이 어디 창틀 먼지 하나뿐일까. 내 눈에 거슬리면 할 일이 되고 그렇지 않으면 아무런 일이 되지 않는 집안일. 그저 집안일 탐색 레이더의 범위가 넓은 나를 탓하는 수밖에. 살림은 정말이지 미지의 세계일 수밖에 없다.

집안일 2대 불가사의는 '해도 해도 끝이 없다'는 것과 '하면 티도 안 나는데, 안 하면 바로 티가 난다'는 것. 끝도 없고 티도 안 나는 집안일을 평생 해야 한다는 사실에 어질한 기분마저 든다. 휴~

그나저나 오늘은 날씨도 선선하고 볕도 좋으니 그야말로 창틀 먼지를 닦아내기 딱 좋은 날이다. 오늘은 무슨일이 있어도 미뤄둔 창틀 청소를 하고야 말테다. 하기 싫은 일일수록 하고 나면 더욱더 홀가분한 기분이 들기 마련. 창틀 먼지를 뽀득뽀득 닦아내면 그 어느 때보다 개운한 기분일 테지. 그리고 분명 한동안 창문을 여닫을 때마다 하얀 창틀에 시선이 내려앉을 게 분명하다. 줄곧 나의 시선이….

결국 살림도, 삶도 모두 자기만족.

28

집
밥 예
찬

8년 전, 우연히 주말농장 텃밭 분양 공고를 보게 됐다. 밭의 위치는 남양주 어디쯤. 집에서 대략 40km쯤 떨어진 먼 곳이었지만, 농사의 어려움 따위 알 턱이 없는 우리 부부는 호기로운 호기심에 "해보자, 해보자."를 외치며 주말농장 분양을 신청했다. 땅 크기는 대략 5평 정도. "에게, 겨우 5평? 적어도 10평 이상은 되어야 하는 거 아니야?" 하고 호언을 했지만, 그것이 허언이었다는 사실을 한참 나중에서야 알게 됐다. 땅 5평이 얼마나 크고 넓은 것인지, 그만한 땅에 얼마나 많은 생명력을 키워낼 수 있는지 농사를 지어보지 않은 사람은 절대 모른다.

그렇게 태어나 처음 농사를 짓기 시작했다. 그것이 제대로 된 농사 일리 없지만 어쨌거나 4월 어느 날부터 일주일에 한 번씩 착실하게 '우리 밭'을 살피러 달려갔다. 파종 시기에 맞춰 땅에 많은 것들을 심었다. 상추, 파, 열무, 쑥갓, 오이, 가지, 고추, 호박, 감자, 옥수수 등등. 왕초보 도시 농사꾼이 할 수 있는 일이라곤 그저 잡초를 뽑아내는 일뿐이다. 일주일 동안 불쑥 자란 잡초를 모두 거둬 내고 나면 기특하게도 알차게 자란 채소들이 가득했다.

나는 아직도 그해 우리 밭에서 수확한 채소의 맛을 잊지 못한다. 밥 한 숟가락을 상추에 얹어 쌈장 살짝 발라 크게 한입 먹으면

고기 없이도 밥 두 공기쯤은 그 자리에서 뚝딱이다. 갓 자란 애기 열무를 삶아 된장 조금 넣어 조물조물 무쳐 먹으면 그 또한 그렇게 맛있을 수가 없다. 쑥갓은 또 어떻고. 매운탕 위 데코레이션 풀떼기쯤으로 생각했던 쑥갓은 줄기째 살짝 데쳐 국간장으로 간을 하고 참깨를 조금 갈아 넣어 먹으면 일품 여름 반찬이 된다. 갓 따먹는 오이는 맛과 향이 너무 좋아 양념에 버무려 먹기 아까울 정도. 누가 오이의 향을 비릿하다 했단 말인가.

더는 주말농장을 하지 않지만, 이젠 양념 맛이 아닌 재료 맛을 살린 음식들에 입맛이 끌린다. 채소뿐 아니라 고기, 생선, 해산물 등 어떤 식재료든지 간에 말이다. 요즘은 필요할 때마다 그때그때 싱싱한 재료를 조금씩 사서 바로 찌고, 데치고, 무치고, 끓여 한 끼 밥상을 알차게 준비한다. 나는 대단히 멋지고 화려한 이국의 음식은 만들지 못하기 때문에 그런 음식이 당기는 날이면 당연히 외식을 한다. 내 수준에서 어설프게 셰프의 요리를 흉내 내는 건 맛도 멋도 모두 놓치기 십상이니까.

재료 맛을 충분히 살린 집밥은 오직 집에서만 먹을 수 있기 때문에 특별하다. 미흡한 나의 요리 실력이 우리 집안에서만큼은 제법 그럴싸하게 비치는 것도 기분 좋은 일이다. 예를 들면 이렇다.

매해 봄이 되면 죽순을 삶아 밥을 지어먹는데, 올해는 죽순 소고기밥과 죽순 들깨 볶음, 죽순 부침, 죽순 된장국을 끓여 먹었다. 볶고, 부치고, 끓이는 건 누구나 할 수 있는 간단한 조리법이지만 부드럽고 아삭한 제철 죽순이 음식의 풍미를 높여준다. 좀처럼 식당에선 사 먹기가 어려운 죽순 요리. 때문에 브로에게만큼은 죽순 요리 전문점이 우리 집이 될 수밖에 없고, 나는 또 못 하는 것 하나 없는 최고의 요리사가 될 수밖에 없다.

죽순이든, 옥수수든, 딸기든 제철을 맞은 식재료들을 손질해 냉동실에 얼려두고 계절에 관계없이 조금씩 꺼내 먹으면 된다지만 냉동실에 식재료를 얼려두는 일은 거의 없다. 제철 식재료를 생으로 조금씩 사서 그 계절 동안 여러 번 조리해 먹는 것만으로도 자연의 기운을 느끼기엔 충분하니까. 그래도 뭔가 조금 아쉽다면 걱정할 필요는 없다. 제철 지난 식재료도 언제고 구할 수 있는 좋은 세상 아닌가. 필요한 때가 생기면 꼭 나의 냉동실이 아니더라도 누군가의 냉동실에 잘 보관되어 있을 식재료를 구입해 맛있는 요리를 즐기면 그만이다.

나는 집에서 먹는 밥이야말로 밖에서는 좀처럼 사 먹기 힘든 종류의 음식이어야 한다고 생각한다. 그것이 아주 대단한 요리일 필요는 없다. 새우젓으로 간을 맞춘 호박 새우젓국, 돼지고기를 넣어 끓인 된장국, 셀러리 잎으로 만든 셀러리 나물 무침, 청양고추 송송 다져 넣은 옥수수 부침개, 달래장 얹은 꼬막 찜 등 그야말로 집에서만 먹을 수 있는 집밥이다.

내가 집에서 요리를 하는 이유는 나부터가 밖에서 사 먹을 수 없는 밥맛을 즐기고 싶기 때문이다. 그렇기 때문에 나에게 있어 요리를 할 때만큼은 밖에서 사 먹는 맛과 비슷한 맛을 내는 요리를 만들 필요도 없고, SNS에 유행하는 메뉴를 골라 요리할 필요도 없다. 그저 재료 맛을 살려 밥과 국, 반찬 여러 개를 준비한 푸짐한 한상을 차려내면 그만이다.

집밥은 돈을 주고도 사 먹을 수 없는 맛을 즐길 수 있어야 하고, 식당밥은 정당한 돈을 주고 맛과 분위기 모두를 사 먹을 수 있어야 한다는 것이 나의 생각이다. 집에서 배달음식을 시켜 먹지 않는 이유도, 유명 맛집의 밀키트를 사 먹지 않는 이유도 거기에 있다. 식당밥을 집에서 먹으면 맛은 즐길 수 있어도 분위기는 즐길 수가 없다. 분위기를 함께 즐길 수 없다면 차라리 집에서 라면을 끓여 먹는 편이 낫다고 생각하는 나다.

가끔씩 다양한 이유로 제대로 된 집밥도, 제대로 된 식당밥도 즐기지 못하는 때가 며칠 동안 지속되면 삶이 점점 메말라가는 듯한 기분이 든다. 밥은 살기 위해서도 먹지만, 살아가는 동안 즐기는 각자의 식도락 취향의 반영이기 때문인지도 모른다. 오늘 저녁은 어떤 식도락을 즐길 수 있을까. 집밥을 준비하기엔 조금 늦어버린 아쉬운 저녁시간이다.

29

오해는 금물

"무슨 오해?"

"하루 종일 청소만 한다는 오해!"

종종 하루 종일 청소만 하냐는 질문을 받는다. 솔직히 별로 듣고 싶지 않은 질문. 마음속으로 '당신, 지금 나한테 매우 무례해!'라고 생각하지만 겉으로는 아무렇지 않은 척 "에이, 아니에요. 호호호" 하고 웃어넘기는 나 자신이 너무 바보 같다고 생각했다.

특별한 이유가 있지 않고서야 온종일 청소를 할 이유는 없다. 청소는 하루에 한 번, 주로 오전에 하는데 소요시간은 보통 한 시간이내다. 길다면 길고 짧다면 짧은 시간. 누군가는 소중한 시간을 청소 따위에 쓰기엔 아깝다 했지만, 나는 짧게나마 무념의 시간을 가질 수 있는 청소의 시간이 나름 소중하다고 생각한다. 내가 만약 아이작 뉴턴 같은 세기의 천재였다면 1분 1초의 시간이 아까웠을지도 모르지만 나는 뉴턴이 아니다.

탈탈탈 먼지를 털고, 웨엥웨엥 청소기를 돌리고, 돌돌돌 돌돌이를 밀고, 뽀득뽀득 물걸레질을 한다. 이후 다시 한번 웨엥웨엥 청소기를 돌려주면 오늘의 청소 끝. 마지막에 청소기를 한 번 더 돌리는 이유는 물걸레질할 때 뭉쳐진 미세한 먼지를 밀어내기 위함이다. 요즘같이 맑고 부드러운 바람이 부는 날엔 특히 더 청소할

맛이 난다. 뭐랄까, 집을 통째로 세탁기에 넣어 빨래를 돌린 기분이랄까. 아, 상쾌한 기분이다.

거의 매일 청소를 하지만 솔직히 하기 싫은 날도 있다. 그럴 땐 아예 하지 않거나 한두 개의 과정쯤 건너뛰는 것도 예사다. 청소가 내게 무념의 안정과 일상의 안락을 주는 것은 맞지만 매일매일 청소에 얽매인 삶을 살고 싶지는 않다. 청소란 안녕한 삶을 사는 데 필요한 기본 활동일 뿐, 삶의 목적이 될 수는 없다.

"혹시 가볍게 청소하는 페코님만의 노하우가 있나요?"

노하우라고 할 것까지야 없지만, 평소 물건을 제자리에 두는 습관을 길러두면 청소가 훨씬 수월한 것은 맞다. 여기에 자잘한 물건을 바깥에 꺼내어 두지 않는 것도 하나의 방법이다. 제자리를 벗어나 있는 물건과 늘어놓은 물건이 많다는 건 그만큼 치워야 할 것들이 많다는 것. 치울 것들이 적어질수록 청소는 그만큼 가벼워질 수밖에 없다.

엄마는 방바닥에 머리카락 한 올 떨어져 있지 않은 반짝반짝한 집에서 나와 동생을 길러냈다. 결혼을 하고 나서야 알게 된 사실은 머리카락이 아무 때고 아무데서고 떨어질 수 있다는 것이었다. 엄마 딸로 자란 덕에 깨끗함에 상당히 민감한 사람이 되었지만 집 밖에서 다른 사람을 불편하게 할 만큼 유난을 떨지는 않는다. 깨끗함의 기준이 나와 맞지 않다면 조용히 지나치면 그만, 내 기준으로 타인을 불편하게 하거나 타인을 아프게 찔러댈 이유는 전혀 없다.

그럼 반대로 나에게 무례한 질문을 하는 이들에게 언제쯤 괜찮은 척하지 않고, "그 질문은 삼가 주세요."라고 용기 내어 말할 수 있을까. 아마도 평생 못 하겠지. 불쾌의 감정을 드러내는 방법을 학교에서 배웠더라면 좋았을 텐데.

결국 오늘도 '호호호' 하고 웃어넘기는 것들 투성이다.

30

공간 비우기

4년 전, 김치냉장고를 없앴다.

"뭐?"
"김치냉장고를?"
"그럼 김치는?"
"정말 없어도 괜찮겠어?"
"조만간 다시 사는 거 아니야?"

여러 사람에게서 많은 질문을 받았지만 구구절절 답변을 하지는 않았다. 김치냉장고를 없앤 이유는 단순했다. 그저 음식을 채울 수 있는 공간을 비워내기 위해서랄까. 그런 이유라면 냉장고를 없애는 것보다 김치냉장고를 없애는 편이 훨씬 자연스러워 보였다.

물리적 공간이 줄어든다는 것은 그 속을 채우는 것들이 함께 줄어든다는 것을 의미한다. 때문에 공간의 크기에 맞춰 살림살이가 늘고 줄어드는 것은 지극히 당연한 이치이다. 그렇기에 큰 집은 그에 맞는 큰살림이 여러모로 가능하고, 작은 집은 그에 맞는 작은 살림 솜씨가 필요한 법이다.

한창 내가 바쁘게 살았던 때에 우리 집은 하루 평균 저녁 한 끼

챙겨 먹는 일이 보통이었고, 저녁 약속이나 회식이 있는 날이면 이마저도 건너뛰기 일쑤였다. 주말엔 또 예상치 못한 일들이 얼마나 많이 생기던지. 따지고 보면 집에서 제대로 된 식사를 챙겨 먹을 시간이 많지 않았다. 때문에 틈나는 대로 요리를 해서 열심히 챙겨 먹어봐도, 냉장고 속 음식들을 모두 소화하기란 정말 버거운 일이었다. 어떻게든 냉장고에 가득한 음식들을 먹어야 한다는 강박으로 먹는다는 것 자체가 스트레스가 되는 상황이었다. 그즈음 내가 '꼭 먹고 싶은', '먹을 수 있는 만큼'의 음식만 냉장고에 넣어두고 싶은 마음이 스쳤다.

천천히 단계적으로 김치냉장고를 한 칸 한 칸 비워냈다. 주변에선 김치냉장고가 없으면 큰일이라도 날 것처럼 벌써부터 내 살림을 걱정했지만, 모두의 괜한 걱정일 뿐이었다. 오히려 김치냉장고 하나를 없앴을 뿐인데 그것이 가져온 커다란 변화는 놀라웠다.

가장 먼저 김치냉장고 안을 가득 채우고 있던 플라스틱 소분용기가 모두 사라졌다. 소분용기는 냉장고 안에서야 깔끔한 위용을 뽐내지만, 냉장고 밖에서는 공간만 차지하는 커다란 짐이 된다. 이제는 담아둘 것도, 넣어둘 곳도 없는 소분용기를 모두 나눔하고, 더는 플라스틱 용기 사용을 남발하지 않는다. 돌이켜 보면 냉장고 정리를 핑계 삼아 소분용기를 사고, 소분용기를 사용하고 싶어 많은 양의 식재료를 한꺼번에 샀던 것 같기도 하다. 이제 집에 남은 냉장고용 플라스틱 용기는 서너 개 남짓, 이것만으로도 충.분.히 냉장고 살림이 가능하다.

냉장고에 넣고, 쌓고, 저장할 것들이 줄면서 지퍼백과 비닐백을 사용하는 일도 크게 줄었다. 지난 4년간 비닐제품을 한 번도 새로 산 적이 없는 걸 보니 사용 속도가 얼마나 느린지 알 만하다. 그 사이 똑 떨어진 S 사이즈 지퍼백과 M 사이즈 비닐백은 지금까지도 새로 사지 않고 있다. 꼭 여러 사이즈의 지퍼백과 비닐백을 다 갖춰두고 살지 않아도 주방 살림을 사는 데 크게 어려움은 없다. 때문에 남아 있는 비닐 제품이 완전히 떨어질 때쯤, 그때 상황에 맞춰 최소한의 지퍼백과 비닐백을 다시 사거나 대체품을 골라 사용하면 된다.

더는 많은 양의 식재료를 사서 냉장고에 넣어두지 않는다. 대형마트에서 장을 보는 대신 가까운 재래시장이나 동네 슈퍼마켓을 이용해 장을 보는 것이 일상이 되었다. 예전처럼 냉동실과 냉장실을 뒤적이며 오늘 저녁 메뉴를 정하는 것이 아니라, 그날의 날씨와 기분에 맞춰 저녁 메뉴를 정하고 필요한 식재료를 집 근처에서 사는 것에 제법 익숙해졌다. 신선한 재료를 바로 구입해 음식을 만들어 먹으면 대단한 요리 솜씨가 없어도 꽤 근사한 맛을 낼 수 있다.

변화는 이뿐만이 아니다. 이젠 시댁에서 음식을 조금만 받아올 수 있는 핑곗거리가 생겼고, 냉장고 정리와 청소에 시간을 쏟지 않아도 된다. 무엇보다 야식 먹는 횟수가 줄었고, 그만큼 나의 몸무게도 한결 가벼워졌다는 사실! 냉장고가 크면 그만큼의 음식을 더 채우고 싶은 것이 사람 마음이다. 굶주린 배를 채우는 것에서부터 시작됐을지도 모를 '채움'에 대한 동물적 본능을 '비움'이라는 의지로 거스른다는 것이 얼마나 어렵고 힘든 일인지 우리는 잘 알고 있다.

그렇기 때문에 우리에겐 물건을 비워내는 것보다 물건이 들어갈 공간을 비워내는 용기가 더 필요할지도 모른다. 공간을 일부 비우고(=없애고) 남아 있는 공간에 들어갈 수 있을 만큼만 소유하며 사는 것. 이것이 살림을 대하는 나의 기본자세다. 나중에 쓰지(먹지) 않을까, 버리면 아깝지 않을까, 미리 사놔야 하지 않을까 등등 우리 주변엔 '만약에'라는 가정과 '어쩌면'이라는 짐작으로 사는 살림이 생각보다 많다. 가정과 짐작으로 사는 살림은 미리부터 많은 것을 소유하게 만들지만, 지금을 사는 살림은 이 순간에 필요한 것만을 소유하게 만든다.

나는 우리 집 냉장고를 열 때마다 없는 것 빼고 다 있는 꽤 넉넉한 냉장고라고 생각하지만, 엄마는 내게 도대체 집에서 뭘 먹고 사느냐며 걱정하신다. 아무리 내가 엄마 딸일지라도 엄마가 사는 살림과 내가 사는 살림은 다르다. 내가 감당할 수 있는 만큼의 살림을 사는 것, 채울 수 있는 만큼만 채우며 사는 것. 그것이 진짜 '나의 살림'이라 믿으며 오늘의 살림을 산다.

31

침구 사용 설명서

오동나무로 장롱을 만들어, 그 안에 귀한 목화솜 이불을 애지중지 보관했던 것이 우리네 전통문화라지만, 이사가 허다한 요즘 같은 세상에서 장롱을 갖는다는 건 꽤 부담스러운 일이 되어버렸다. 한 곳에 터를 닦아 뿌리내릴 수 없는 터전의 불확실성으로 인해, 나는 여태 장롱을 가져본 적 없다. 당연히 이불장 또한 가져보질 못했다.

(운이 좋게도 결혼 후 줄곧 아파트에서 살았는데) 아파트의 좋은 점 가운데 하나는 꼭 장롱이 없어도 옷가지와 침구류를 넣어둘 수 있는 붙박이장이 있다는 것이다. 상황에 따라 옷을 넣어두면 옷장이 되고 침구를 넣어두면 이불장이 되는, 공동주택이 주는 문명의 편리함에 익숙해질 때쯤 이불장으로 사용했던 붙박이장을 떼어 없앴다.

차곡차곡 쌓아놓고 잘 쓰지 않는 침구를 필요한 사람들에게 모두 나누고, 최소지만 내겐 최선의 것들로 사계절을 날 수 있도록 침구들을 정리했다. 이제 남은 건 여름 침구세트 하나와 봄/가을/겨울 침구세트 하나가 전부다. 여기에 간절기용, 겨울용 솜 한 개씩을 보태 사계절 이불을 완성했다.

떼어낸 붙박이장(이불장)을 대신해 패브릭으로 된 보관 박스에 침구세트와 여분의 베개를 각각 담아 긴 옷장 아래 남는 공간에 넣어둔다. 이불은 커버 타입으로, 솜이불에 비해 부피가 작아 보관이 쉽다. 겨울엔 여름 침구를, 여름엔 겨울 침구를 번갈아가며 넣어둘 수 있으니 보관 박스는 하나로도 충분하다.

패브릭 보관 박스가 좋은 이유는 플라스틱 박스나 종이 박스에 비해 담을 수 있는 공간의 크기가 덜 제한적이기 때문이다. 내용물이 넘칠 땐 꾹꾹 눌러 담을 수 있고, 내용물이 없을 땐 착착 접어 박스만 따로 보관할 수 있어 좋다. 사람이든 물건이든 빡빡한 것보다 여유 있는 것에 더 끌리는 법이다.

이불솜은 돌돌 말아 공기를 빼내 개별 파우치에 넣어 보관한다. 꾸깃꾸깃 접어두어도 잠시 펼쳐두면 금세 공기를 머금어 원래의 모양으로 돌아가는 이불솜은 겨울용이라도 가벼우면서 너무 두껍지 않은 것을 사용한다. 적당한 두께의 솜을 사용하면 파우치에 넣었을 때 부피가 크지 않아 보관이 부담스럽지 않다. 이불솜을 두는 위치는 정해진 곳이 없다. 계절이 바뀔 때마다 그때의 집 공간 형편에 맞춰 서랍에 넣어둘 때도 있고, 팬트리장에 넣어둘 때도 있다. 작은 집은 공간 형편이 늘 달라지기 마련이니까.

이불솜과 매트리스는 꼭 커버를 씌워 사용한다. 이불솜도 세탁할 수 있는 좋은 세상이지만 잦은 세탁에 처음 같은 뽀송함과 보온성을 유지하긴 어려울 것이다. 하물며 세탁이 불가한 매트리스 관리는 오죽 힘이 들까. 세균과의 동고동락을 원치 않기에 이불 커버와 매트리스 커버는 침구세트에서 필수항목이다. 이불 커버에 어울리는 매트리스 커버를 함께 준비해두면 멋과 위생 모두를 챙길 수 있어 마음이 편하다.

이때 매트리스 위에 패드를 깔아 두면 더할 나위 없이 깔끔하게 침대 관리를 할 수 있다. 사계절 내내 침대와 한 몸처럼 붙어 있는 매트리스 패드는 한 장이면 충분하고, 이왕이면 순면 패드로 골라 뜨거운 물에 자주 빨아 사용하면 더욱 좋다.

(나만 그런 것인지는 모르겠지만) 나는 침구세트에 베개 커버, 이불 커버, 매트리스 커버 외 담요를 꼭 포함시킨다. 여름엔 거즈천이나 타월천 같은 얇고 흡수력 좋은 담요가 좋고, 겨울엔 폴리에스테르 소재의 가볍고 보온성 높은 극세사 담요가 좋다. 담요는 때에 따라 여러 용도로 사용할 수 있는데, 보통의 겨울철엔 극세사 담요를 패드처럼 깔아 그 위에 누워 이불을 덮고 자면 온도가 딱 알맞다. 한겨울에는 담요 밑으로 쏙 들어가 담요와 이불을 겹으로 덮어 더 높은 온도를 유지한다.

최소의 것으로 산다는 건 모든 자원을 절약해 검소하게 산다는 의미가 아니다. 최소의 것으로 최선의 선택을 하며 산다는 건 내 삶에 꼭 필요하고 삶을 가치 있게 만들어주는 것이 무엇인지 분별하며 산다는 의미일지 모른다. '살림'이라는 단어가 '삶'이라는 단어와 닮아 보이는 건, 살림을 사는 모습이 결국 내가 사는 삶의 모습을 보여주는 것이기 때문일 것이다.

그래서 오늘도 나는 최소의 것으로 최선의 선택을 하며 살림을 사는 연습을 한다. 누구도 내 삶과 내 살림을 대신 살아줄 수 없기에.

32

백화점에서 장보기

가끔은 장을 보러 백화점 슈퍼마켓에 간다. 저녁 찬 준비를 위한 장보기쯤이야 동네에 있는 크고 작은 슈퍼에서도 충분히 가능하지만, 이런저런 트렌디한 먹거리들을 구경하고 싶은 마음이 들어 백화점으로 향하는 것이다. 백화점 슈퍼마켓에 가면 동네에서는 잘 볼 수 없는 신기한 식재료들과 공산품들이 가득해 장보는 재미가 쏠쏠하다. 보물찾기를 하듯 처음 보는 과자나 양념 그리고 음료 같은 것들을 찾아내는 즐거움이 백화점 슈퍼마켓 장보기의 묘미다.

오늘 찾은 보물은 네덜란드산 마요네즈. 마요네즈는 반투명 플라스틱 튜브나 유리병에 담겨 나오는 게 보통인데 이건 모양부터 보통내기가 아니다. 핸드크림같이 생긴 파란색 튜브 패키지가 마음에 들어 장바구니에 슬쩍 담았다. 마요네즈의 가격은 구천 오백 원. 보통의 마요네즈보다 비싼 가격이었지만, 만 원이 채 되지 않는 가격으로 새로운 맛도 경험하고 예쁜 패키지를 주방에 담아낼 수 있으니 이 정도 소비쯤이야 충분히 괜찮지 싶었다.

하지만 누군가는 분명 이렇게 말하겠지. "마요네즈를 구천 오백 원이나 주고 샀어? 살림 참 못 사는구나." 살림이와 알뜰이는 서로가 영혼의 단짝이라 알뜰하게 살림을 살지 않는 나 같은 사람들을 흉보고 다닌다. "근데, 너희 둘! 이제 그만 좀 떨어져 줄래?"

전에 대형마트에서 열 개에 만 팔천 원짜리 아보카도 한 박스를 샀다. 후숙할 것만 남기고 나머지는 모두 냉장고행. 이삼일 후 적당히 익은 아보카도를 잘라보니 이런, 썩었다. 다음 것도, 그다음 것도, 또 그다음 것도 마찬가지다. 결국 하나도 제대로 먹지 못하고 전부 버렸던 안 좋은 기억이다. 그 후로 아보카도는 꼭 백화점 슈퍼마켓에서 산다. 바로 다음 날 먹을 수 있도록 후숙이 잘 된 걸로 한 개를 골라 사는 게 보통인데, 가격은 하나에 삼사천 원 정도다. 가격이 조금 비싸도 전처럼 버리는 것이 하나도 없어 야무지고, 여러 개를 뭉텅이로 사지 않아 합리적이다.

나는 백화점에서 고가의 식재료를 살 만큼 부자는 아니지만, 살 만한 수준의 것들은 소비할 정도의 형편은 된다. 백화점에서 팔만 원짜리 발사믹 식초와 오만 원짜리 갈치 한 마리를 장바구니에 담을 용기는 없지만, 구천 오백 원짜리 마요네즈와 삼사천 원짜리 아보카도 한 개를 장바구니에 담을 여유는 충분하다. 백화점에서 장보기가 사치라고 생각하지 않는 이유다.

살림이야 각자의 형편에 맞춰 꾸려지는 게 당연하지만 이상하게도 늘 남의 살림이 내 살림보다 나아 보이는 게 문제다. 보이는 것이 전부가 아니란 걸 알면서도 보이는 것에 대한 상대적 박탈감을 지우기란 쉽지 않은 일. 남들보다 적게 가졌다는 것에 위축되지 않으려면, 남들보다 꽤 괜찮은 것을 가졌다는 자신감을 가질 수 있어야 한다. 아보카도를 남들만큼 자주 먹진 않지만 엄청 싱싱한 걸 먹는다는 자신감. 흔치 않은 귀여운 패키지의 마요네즈로 우리 집 식탁의 맛과 멋을 업그레이드시킬 수 있다는 자신감 같은 거 말이다. 휘뚜루마뚜루 살림을 사는 것처럼 보여도 이것이 내가 주부로서 우리 집 살림을 꾸리는 자세다.

물론 가끔은 궁금할 때도 있다.
베테랑 주부들은 어떻게 살림을 살고 있을까.
주부 구단의 길은 참 멀고도 험하다.

33

채소찜과 고구마 수프

밥때가 돌아왔다. 오늘 점심은 또 뭘 먹지? 하고 생각하다가 냉장고에 들어 있는 양배추, 브로콜리, 당근, 고구마, 그리고 느타리버섯 몇 개가 생각나 채소찜을 해 먹기로 했다. 이왕에 달걀도 한 알 쪄서 단백질도 보충해줘야지. 며칠 전 사온 고구마는 이 맛도 저 맛도 나지 않아 설탕 조금 넣어 고구마 수프를 끓이기로 했다. 가볍고 건강하게 채우는 나를 위한 한 끼다.

아침은 잘 먹지 않는 까닭에 브런치란 이름의 끼니를 챙기다 보면 자연스럽게 가벼운 메뉴로 식사를 준비하게 된다. 보통은 과일과 채소를 곁들인 빵, 채소 찜(구이), 요구르트, 수프 같은 것들이다. 전부 복잡한 조리 과정 없이도 준비할 수 있는 메뉴들이다. 삶에서 먹는 즐거움이 그다지 크지 않은 나는 혼자 먹는 식사만큼은 간단하게 준비하는 게 보통이다. 샌드위치, 파스타, 파니니 (등등) 같은 브런치 인기 메뉴들을 안 먹는 것은 아니지만, 이상하게도 살면서 그것들이 먹고 싶다는 생각은 잘 들지 않는다. 어느 순간 채소를 생으로 먹고, 쪄 먹고, 구워 먹고, 끓여 먹는 간단한 과정만으로 조리하는 음식이 좋아져 버렸다. 채식주의자도 아닌데 말이다.

요리 실력이 대단하지는 않지만 요리하는 것은 좋아한다. 결혼 초, 나의 엄마와 그의 엄마에게서 멀리 떨어져 농촌 지방에서 살림

을 혼자 살아냈던 나는 스물아홉 살의 나이에 처음으로 혼자서 김치를 담갔다. 결혼 전엔 라면 한 그릇도 끓이지 않던 내가⋯. 생존을 위한 요리였다. 그런데 그것에 취미가 생길 줄이야. 조용히 사부작대는 걸 좋아하는 탓일까. 화려한 음식보단 재료 맛이 살아 있는 소박한 음식 만들기가 훨씬 재미있다.

채소찜은 소박한 음식 중에서도 단연 으뜸. 여러 가지 채소를 찜기에 넣고 불에 15분 만 올려두면, 비법 양념이나 비밀 레시피 없이도 더없이 훌륭한 맛이 완성된다. 당근의 달콤함은 설탕에 비할 수 없고, 버섯의 차진 탱탱함은 고기에 비할 수 없다. 싱싱한 재료의 맛이다. 여기에 채소의 종류를 더하고 소고기나 새우, 생선볼 같은 것들을 함께 찌면 근사한 저녁 메뉴로도 전혀 손색이 없는 메뉴가 완성된다. 맛과 멋 모두를 챙길 수 있는 푸짐한 한상이다.

고구마 수프는 채소찜에 비하면 만드는 과정이 복잡한 듯 보이지만 간단하긴 마찬가지다. 냄비에 버터를 녹이고 양파를 볶아 수프 만들 준비를 한다. 양파가 투명하게 익으면 고구마와 물을 넣고 재료가 익을 때까지 끓여준다. 거기에 우유를 더해 핸드 블렌더로 곱게 갈갈갈, 생크림을 넣어 마무리하면 맛있는 고구마 수프 완성이다. 후추와 소금으로 간을 맞추고 한입 먹어보면 나도 모르게

"와~맛있어" 소리가 절로 나오기 마련. 달달하고 고소한 풍미가 일품인 한 끼 식사 완성이다.

출퇴근을 하지 않는 지금, 삶에서 조금 아쉬운 점이 있다면 누군가와 함께하는 점심시간을 갖지 못한다는 것이다. 삼삼오오 모여 새로 오픈한 식당에 가보는 재미도, 여러 메뉴를 시켜 조금씩 맛을 보는 재미도, 후식으로 커피를 마실지 아이스크림을 먹을지 고민하는 재미도 이젠 과거의 기억 속에 멈춰 있다. 지금은 점심때가 되면 '오늘 뭐 먹지?'를 생각하고, 생각한 메뉴를 직접 조리해서 한 끼를 챙기는 것이 일상이 된 지 오래다.

홀로 식탁에 앉아 따뜻하고 부드러운 채소찜과 고구마 수프를 먹으며 과거 누군가와 함께했던 점심시간의 즐거움을 추억했다. 그리움인지 아쉬움인지 뭔지 모를 마음에 괜히 눈가에 눈물이 '피~잉.' 하지만 곧바로 일주일에 서너 번씩 돌솥 알밥 집만 가자던 옛 직장상사의 참을 수 없었던 만행이 떠올라 빛의 속도로 현실 복귀를 한다. "그래. 아무리 그래도 돌솥 알밥은 아니었지." 하고 고개를 절레절레 내둘렀다. 고구마 수프를 마저 한입 떠먹자 이번엔 〈빵과 수프 그리고 고양이가 함께하기 좋은 날〉이란 제목의 일본 드라마가 생각나면서 "나도 드라마 속 주인공처럼 수프 가게를 차

리면 잘할 수 있을 것 같은데…." 하는 생각을 조금 해보았다. 하지
만 그것도 잠시 뿐, 이내 오늘 저녁 메뉴 생각에 머릿속이 복작복작
해져버렸다. 아무거나 내 맘대로 생각하면서 즐긴 나 홀로 점심시
간이었다.

PART 4

공
간

34

어
른
의

꿈

누군가 내게 결혼 생활의 아쉬움에 관해 물어본다면 내 방 없는 아쉬움을 콕 집어 얘기해줘야지 하고 생각했었다. 누구나 그렇듯 나 역시 결혼한 후부터 내 방이란 공간을 가져보지 못했다. 너무도 당연했던 내 방이란 나의 공간이 솔로만이 누릴 수 있었던 특권이었을 줄이야. 그걸 미리 알았더라면 더 더 더 확실하게 내 방 안에서의 인생을 즐겼을 것이다.

신혼집에서부터 그럭저럭 분위기를 채워 서재 방을 갖춰두긴 했지만 그곳은 가족 모두의 공용공간일 뿐, 그게 어디 내 방, 내 책상에 앉아 혼자만의 시공간을 즐기는 것과 같은 기분일 수 있을까. 결국 마흔의 문턱에 서서 '내 방을 갖고 싶다'고 소원했다. 마흔의 어른도 혼자만의 공간에서 혼자만의 시간을 즐길 자유는 있는 거니까.

그런 어른의 꿈, 불가능한 일이라고 생각했다. 그러나 세상사 생각하기 나름이라고 하지 않던가. '크고 번듯한 공간이 아니면 어때서!' 하고 마음을 고쳐먹으니 꿈이 현실이 될 것만 같은 기분이 들었다. 몇 가지를 포기하면 소원에 한발 가까워질 수 있을까. 그래, 작고 아담한 공간에서 소원을 이뤄보기로 하자. 내 방이 아닌 내 자리만으로도 충분히 괜찮은 시간을 보낼 수 있을 거야.

마흔의 어른은 삶의 행복을 위해 소원의 크기를 때에 맞춰 줄일 줄도 알아야 하는 법이다. 누가 알려주지 않아도 이젠 커다란 꿈 한 개를 소원하기보다 작은 꿈 여러 개를 소원하는 삶이 더 행복하다는 사실쯤은 잘 안다. 좋아하는 음악을 틀어두고 혼자 느긋하게 노트북을 딸깍 대며 앉아 있을 수 있는 나의 공간, 어른이 소원하는 꿈은 오이소박이만큼이나 소박하다.

브로도 분명 나만큼이나 혼자만의 시공간을 그리워했겠지. 아니, 어쩌면 나보다 더 그리워했을지도 모를 일이다. 너와 나 모두를 위해 반 평 남짓 자투리 공간을 살려 각자의 자리를 마련하기로 했다. 집에서 가장 머~얼리 떨어져 있는 너와 나의 공간. 브로 자리는 드레스 룸 안쪽 공간에, 나의 자리는 팬트리 룸 안쪽 공간에 자리를 잡았다. 누군가는 이왕이면 더 넓게 자기만의 공간을 가졌어야 한다고 (불가능한) 충고를 던졌지만 '그 충고는 나중에 큰 집으로 이사 가면 받겠습니다.' 하고 속으로 거절해버렸다. 아무도 손대지 못하는 내 자리를 갖는 것만으로도 삶의 위로를 받을 수 있다는 사실을 그들은 아직 모르고 있는 게 분명하다.

꼭 대단한 책상을 두고 나의 자리를 만들 필요는 없다. 지금 내가 쓰는 책상은 그릇장 상판이다. 비밀스럽게 가려진 그릇장 앞에 괜찮은 의자 하나를 가져다 두었더니 꽤 분위기 있는 바 테이블 자리가 완성됐다. 그리고 이어서 생각한다. '언젠가 책상이 더는 필요 없어졌을 때 책과 노트북을 모조리 치워버리고 따뜻한 홈카페 키친 테이블을 만들어야지.' 하고 말이다. 소박한 꿈은 성큼 다가가기도 쉽고 새로운 꿈으로의 환승도 쉬워 어른이 꿈꾸기에도 부담이 없어 편하다.

이제 우리 부부는 오롯이 자신만의 시간을 갖고 싶을 때 조용히 각자의 자리를 찾는다. 그때엔 아무 말 없이 서로를 향한 관심의 스위치를 꺼줄 필요가 있다. 함께하는 시간을 챙기는 것만큼 함께하지 않는 시간을 챙기는 것 또한 20년 지기 절친 부부가 서로를 아끼는 방법이다.

소박하게 꿈꾸는 어른으로 자라 참 다행이라는 생각이 드는 밤이다.

35

책장은 없습니다만

서점 집 딸이었지만 책 읽는 것을 좋아하진 않았다. 책이 주는 압박에서 벗어나고 싶었던 나의 결연한 의지로 고등학교를 졸업할 때까지 책과 거리를 두고 살았다면 믿어줄까. 그땐 알지 못했다, 책 속에 담긴 글의 귀함을.

책을 많이 읽기 시작한 건 대학생이 되면서부터였다. 더는 서점 집 딸도 아니었기에 책의 압박을 무장 해제시켜버렸다. 매일 도서관에 들러 전공과 무관한 역사와 철학에 관한 책을 주로 읽었다. 어릴 적 위인전 하나 제대로 읽어본 적 없는 내가 칸트 철학을 결코 이해할리 없었지만《순수이성비판》이란 책 속의 어려운 글자들을 한 자 한 자 읽고 있는 나 자신이 엄청 대견하고 기특해서 못 견딜 지경이었다. 그렇게 매일 책을 읽었다.

타인의 세상을 넓게 이해하기 위해서는 다독(多讀)이 필수지만, 나 자신의 깊이를 더하기 위해서는 정독(精讀)만큼 중요한 것도 없다. 다독이 '유럽 10개국 패키지여행' 같은 느낌이라면, 정독은 '파리에서 한 달 살아보기' 같은 느낌이랄까.

인생의 절반 이상을 책과 등지고 산 터라 다독을 했다고는 볼 수 없지만 느지막이 책과 가깝게 지내며 정독에 빠져 있던 그때, 열

평 남짓한 땅에 이층 높이의 서재 집(Library house)을 짓고 세상에서 가장 편한 라운지 체어에 앉아 책을 읽는 나를 상상했었다. 책으로만 둘러싸인 '책의 공간'에서 하루 종일 책만 보는 꿈, 그 때문에 오랫동안 책에 절절맸다. 책이 좋아서였는지 서재 집이 갖고 싶어서였는지 도통 알길 없지만, 여하튼 그 꿈 하나 때문에 오랜 시간 책을 사고, 책을 읽고, 책을 모았다.

그런데 어느 순간 책이 짐처럼 느껴지기 시작했다. 잊고 있었던 책의 압박. 무겁고 또 무겁게 네 번째 이사를 하고 난 직후였다. 서재 집을 꿈꾸지 않았다면 책을 소유할 이유도 없었기에 이참에 서재 집 따위의 꿈은 지우는 편이 낫겠다고 생각했다. 그렇게 책을 하나 둘 정리했다. 삶의 가벼움을 위한 묵직한 선택. 선택에 후회는 없었다. 막상 정리할 책들을 들춰보니 딱히 기억에 남는 책이 없는 것도 신기할 일. 책의 내용은 기억되는 것이 아니라 스며드는 것이라던 누군가의 말에 깊이 공감하며 대부분의 책을 미련 없이 치웠다. 한 권 한 권에 담긴 크고 작은 이야기 속 메시지가 나의 머릿속, 가슴속 어딘가에 스며들었기를 바라며….

더는 집에 책장을 두지 않는다. 책장이 없다고 해서 책을 읽지 않는 것은 결코 아니다. 많은 책을 책장에 꽂아두는 대신 몇 권의 책을 집안 여기저기 쌓아두는 것으로 사는 모습을 조금 바꾸었을 뿐이다. 나는 지금도 다독보다는 정독을 좋아하고, 정독에는 많은 책이 필요하지는 않다. 몇 권의 좋은 책을 천천히 여러 번 읽어보는 것. 그것만으로도 내 삶에 깊이를 더해줄 충분히 괜찮은 독서의 시간을 가질 수 있다.

이젠 책이 가득한 지적인 서가의 모습보다, 어딘가 툭 책이 놓인 편안한 공간의 모습에 마음이 기운다. 스무 살의 내가 지식의 탐독을 위해 책이 가득 꽂힌 서재 집을 꿈꿨다면, 마흔 살의 나는 지혜의 깊이를 더할 좋은 책 몇 권을 품은 보통 집을 꿈꾼다. 좋아하는 책과 읽고 싶은 책이 서로 뒤섞여 집 어디서든 글의 귀함을 보물찾기 할 수 있는 그런 보통 집을 그린다.

36

호
텔
방

여행지에서 머물 숙소에 도착했을 때 여행의 설렘이 시작된다. 호텔방에 들어서자마자 마주하는 하얀색 침대 시트를 보는 순간, 비로소 "와아, 집을 떠나왔구나." 하고 일상 탈피를 실감하기 때문이다. 호텔방 침대는 집 침대와는 분명 뭔가 다른 느낌이 있다. 톡톡한 두께를 가진 고밀도 순면 커버 사이로 몸을 밀어 넣었을 때 느껴지는 빳빳함. 피부에 닿는 그 빳빳함이 고조된 여행의 텐션을 아래로 팽팽하게 잡아당겨주는 느낌이 들어 기분이 좋다. 아, 그런 호텔방이 너무도 그리운 요즘이다.

여행의 자유를 잃은 지 벌써 1년. 여행을 못 간다면 집에서라도 여행에 온 기분을 내봐야지 싶어 침실 가구 배치를 바꿔주기로 했다. 가장 호텔방다운 가구 배치를 생각해보다가 '호텔방은 역시 트윈룸이지.' 싶어 그것으로 결정했다. 싱글 침대 두 개를 멀찌감치 떼어내는 것이 세팅의 기본 값이다. 이때 침대 옆에 테이블을 하나씩 두고 각자 필요한 충전기 같은 몇 가지 편의용품들을 비치해 두면 더욱 좋다. 내 자리엔 언제나 릴랙스 오일과 핸드크림, 립밤이 올려져 있다. 소소한 것들을 반듯하게 정렬해 어메니티처럼 갖춰두면 별거 아니지만 맞춤형 룸서비스를 받고 있는 듯한 기분이 들어 괜히 마음이 설렌다.

십여 년 전, 스페인 바르셀로나 카탈루냐 광장 근처에 있는 카사 캠퍼 호텔에 도착했다. 안내받은 객실은 모두 두 개. "What? 객실이 2개라고?" 호텔 복도를 사이에 두고 마주 보고 있는 두 개의 객실. 침실 공간과 휴식 공간이 서로 나뉘어 떨어져 있는 독특한 구조를 가진 호텔방이었다. '와아. 정말 재미있는 호텔이구나.' 하고 감탄 또 감탄. 존재의 목적이 다른 두 개의 공간. 침실 공간은 포근하게 아늑했고, 휴식 공간은 재미있게 아기자기했다. 작지만 세련됐고 독특했지만 감각적인 호텔에의 기억이다.

여전히 그곳에 있을 호텔을 추억하며 침실 인테리어를 구상했다. 오로지 잠에만 집중할 수 있는 침실을 꾸리겠노라 마음속 준비를 단단히 마쳤다. 그렇게 꾸린 우리 집 침실엔 (헤드와 프레임이 없는) 싱글 침대 두 개와 사이드 테이블 두 개, 여기에 아늑한 분위기를 더해줄 조명만이 있을 뿐이다. 침구 색상도 사계절 내내 한결같은 하얀색으로 통일. 분명 누가 봐도 특별할 것 하나 없는 시시한 공간이자 장식 하나 없는 밋밋한 공간이다. 하지만 어떻게 보면 그런 평범함이야말로 우리 집만이 가진 특별함이 될 수 있지 않을까 생각했다.

어느 날은 두 개의 침대를 나란히 붙여 더블룸 타입의 침실을

만들 수도 있고, 또 어느 날은 침대를 양쪽 벽면에 각각 떼어 붙여 2인실 기숙사 같은 침실을 만들어낼 수도 있다. 기본 맛 음식에 여러 옵션을 추가해 새로운 맛을 즐길 수 있는 것처럼, 기본에 충실한 침실은 여러 옵션을 더해 새로운 침실의 멋을 즐길 수 있어 늘 새롭다. 뭐든 기본을 좋아하는 이유다.

낯설고 먼 곳에서의 여행에서 브로와 내가 함께 즐기는 소소한 여행 루틴 중 하나는 매일 밤 침대에 기대어 그 나라 현지 맥주를 마시는 것이다. 침실을 트윈룸 콘셉트로 꾸며두었으니 오늘 밤엔 편의점에서 맥주와 감자칩을 사와 침대 사이 테이블에 펼쳐두고 여행지에 온 기분을 내어봐야겠다. 체코 프라하의 작은 호텔방에서 잠을 청하는 기분이 날 수 있도록 맥주는 코젤 다크가 좋겠다. 잊지 말고 브로가 좋아하는 필스너 우르켈도 한 캔 사 와야지.

어딘가 훌쩍 떠나고 싶은 그런 날이다.

37

세탁실이라고 부를 수 있을까

번듯한 세탁실이 있었으면 좋겠다는 생각을 안 했을 리 없다. 세탁기와 건조기, 의류관리기 모두를 한 곳에 갖춰두고, 세탁용품을 차곡차곡 세련되게 놓아둘 수 있는 그런 세탁실 말이다. 손빨래를 할 수 있는 세탁볼도 따로 있었으면 좋겠고, 건조기에 돌릴 수 없는 옷들을 척척 걸어둘 수 있는 행거형 건조대도 그곳에 설치되어 있었으면 좋겠다. 바람에는 돈이 드는 것도 아니니 내 맘대로 번듯한 세탁실을 머릿속으로 그려본다.

현실 속 우리 집엔 세탁실이라는 공간이 따로 없다. 크고 번듯한 세탁실을 둘 만큼 집이 넓지 않은 탓이다. 작은 주방을 조금 넉넉하게 쓸 욕심에 주방 구조를 조금 바꾸었고, 그에 맞춰 싱크대 뒤쪽 공간에 세탁기와 건조기를 옆으로 나란히 설치한 것이 세탁실이라고 불릴 만한 것의 전부. 세탁기와 건조기 상판 작업대는 주방 싱크대의 일부이기도 해서 토스터기 같은 소형가전을 몇 개 올려두었는데, 그렇다면 이곳은 주방일까 세탁실일까.

매일 아침, 작업대 위에선 빵이 구워지고 커피가 내려진다. 빵과 커피를 다 먹고 나면 곧바로 작업대 위를 구석구석 말끔하게 닦아준다. 이유는 이제 곧 주방 작업대가 세탁실 작업대로 역할이 바뀔 예정이기 때문. 빨래 건조가 종료되면 옷들을 작업대 위로 조금

씩 꺼내 바로바로 차곡차곡 개어둘 참이다. '이건 좀 덜 말랐네.' 싶은 것들은 작업대 위쪽에 달아둔 빨랫줄에 널어 말리면 된다. 집에 손빨래를 해야 할 옷들은 거의 없지만 가끔 손빨래를 해야 할 일이 생기면 깨끗한 것들은 전부 싱크대에서 해결한다. 그렇다면 빨래를 할 때만큼은 조금 전까지 주방이었던 이곳을 세탁실이라고 부를 수 있지 않을까.

세탁기가 있는 주방은 늘 활기차다. 위이잉~ 하고 세탁기가 돌기 시작하면 소리가 완전히 멈출 때까지 주방은 온전한 세탁실이 된다. 하긴 세탁실이 뭐 별건가. 그저 깨끗하게 빨래를 할 수 있다면 그곳이 세탁실일 테지. 때문에 세탁기는 매일 돌아가고 또 돌아간다.

하나의 공간이지만 때에 따라 사용 목적이 달라지는 공간에선 몸에 얼룩진 게으름을 지울 필요가 있다. 요리든 빨래든 한 가지 일을 클리어하고 나면 주변을 꼼꼼하고 깨끗하게 치워두는 것이 무엇보다 중요하다. 꼭 결벽이 없어도 주방 작업대 위 빨래 먼지와 세탁실 작업대 위 빵가루는 그다지 함께하고 싶지 않은 생활의 흔적이다. 주방을 늘 단정하게 유지할 수밖에 없는 이유 중 하나다.

작은 집은 복합적 공간 활용을 통해 심리적으로 공간을 크게 느끼는 연습을 반복하게 만든다. 요리하는 주방이 세탁실로 바뀌기도 하고, 햇볕 잘 드는 작은 방이 이불빨래를 말리는 발코니가 되기도 하는 공간의 가변. 이 또한 아기자기하게 작은 집을 살아가는 슬기일 수 있다.

지치고 고단한 우리네 삶의 이야기를 다룬 뮤지컬 '빨래'에선 '슬픈 땐 빨래를 해'라는 제목의 곡을 노래한다. '깨끗해지고 잘 말라서 기분 좋은 나를 걸치고 하고 싶은 일 하는 거야~'라는 노랫말처럼, 옷에 묻은 때와 함께 어제의 후회와 미련을 빨아내고 기분 좋은 오늘을 살아내야지. 감정의 때를 흔적도 없이 박박 지워버릴 수 있는 마음 빨래 전용 세제가 있었으면 참 좋겠다는 엉뚱한 생각을 조금 하다가, 늦은 오후 이불빨래를 시작한다. 아마도 낮에 잠깐 화났던 마음을 깨끗하게 빨아내고 싶은 것인지도 모르겠다.

38

부부의 주방

우리 부부는 저녁밥을 먹은 후, 설거지를 꼭 함께한다. 내가 그릇을 씻어주면 브로가 물기를 닦아 제자리에 넣는 것이 보통이다. 물론 그릇을 제자리에 넣을 때 "이거 어디에 있었지?"라는 질문에 몇 번이고 대답해줘야 하는 것이 조금 귀찮을 때도 있지만, 하루를 같이 마감하고 있다는 생각이 들어 이내 귀찮은 마음이 잦아든다.

세계 최고의 부자로 알려진 빌 게이츠(Bill Gates, 마이크로소프트 창업주)와 제프 베이조스(Jeff Bezos, 아마존 CEO) 또한 설거지를 하며 하루를 마무리한다는 기사를 보고, 억만장자도 먹고사는 건 다 똑같구나 싶은 생각이 들어 조금 웃겼다. 그런데 놀랍게도 지난 2015년 미국의 한 대학에서, '집중'해서 설거지를 하면 스트레스가 27%나 감소한다는 과학적 사실을 밝혀냈다는 글을 접했다. 단순한 집안일이 잡념을 덜어내 오롯이 자신에게 집중할 수 있는 시간을 갖게 해줘, 스트레스 완화에 도움이 된다는 것이다. 분 단위로 바쁜 억만장자가 왜 밤마다 설거지를 하며 하루를 마무리했는지 이제 좀 이해가 간다.

솔직히 설거지가 나의 스트레스 완화에도 도움을 주는지는 알길 없지만, 분명한 건 '함께 설거지하는 시간'이 소소하지만 우리 부부에겐 정말 중요한 시간이라는 것이다. 저녁밥을 먹는 동안 못

다 한 서로의 이야기를 이어서 할 수 있고, 내일을 준비하기 위한 이야기 또한 나눌 수 있다. 무엇보다 브로에게 집안 살림 팁을 알려줄 수 있는 아주 중요한 시간이기도 하다.

어릴 적, 혼자 싱크대 앞에 서 있는 엄마의 뒷모습을 보고 싶지 않았다. 싱크대 앞 엄마를 뒤로한 채, 우리끼리 TV를 보고 이야기를 나누며 깔깔거리는 것이 참 미안했다. 이다음에 어른이 되면 '나도 저기에 저렇게 서 있겠지' 싶어 괜히 더 속이 상했으려나? 결혼 후 등을 보이며 서 있을 수밖에 없는 주방 구조에 매일을 투덜대며 살림을 살았다.

재작년 여름, 집 인테리어 공사를 하면서 싱크대를 과감하게 벽면에서 떼어내기로 했다. 등을 보이며 싱크대 앞에 서 있는 모습을 더는 보여주고 싶지 않았다는 게 가장 큰 이유다. 때문에 '주방 벽면이 아닌 거실을 바라보는 대면형 구조로 싱크볼을 재배치했다….'에서 끝내기엔 조금 아쉬운 마음이 들었다.

작은 주방에서 살림을 살아야 하는 우리 부부만을 위한 섬세한 동선이 필요했다. 집이란 그곳에 사는 이들의 모습을 비추는 거울이다. 그렇기 때문에 나와 내 가족이 사는 모습을 온전히 이해했을 때, 작은 변화만으로 훨씬 더 애정 어린 공간을 만들어낼 수 있다. 만족과 불만족은 아주 작은 차이에서 나타나는 법이니까.

결국 주방 수전을 싱크볼 전면이 아닌 측면에 위치시키는 것으로 우리 부부만의 주방을 완성할 수 있었다. 혼자 설거지를 할 땐 거실을 보고 서 있을 수 있고, 둘이 함께 설거지를 할 땐 서로 마주 보고 서 있을 수 있는 구조다. 수전의 위치만 바꿔줬을 뿐인데 싱크대를 2배로 넓게 사용할 수 있는 그런 주방 구조가 만들어졌다.

이젠 같이 설거지를 할 때 "잠깐만." "옆으로 좀 가봐." "나 먼저 써도 돼?"와 같은 말을 하지 않아도 된다. 그저 비어 있는 반대쪽으로 돌아가 싱크볼을 사용하면 그만. 설거지가 아닌 요리를 함께할 때도, 냉장고와 가까운 바깥쪽 공간에서는 브로가 야채를 씻고, 인덕션과 가까운 안쪽 공간에서는 내가 재료를 손질해 요리 준비를 할 수 있다.

주방을 함께 공유하는 것, 그것이 우리가 진정 바랐던 부부의 주방이다.

39

지극히 사적인 목욕탕

대중목욕탕이지만 대중은 빠진, 그런 목욕탕을 갖고 싶었다. '지극히 사적인 목욕탕'에서 홀로 조용한 목욕을 즐기고 싶었기 때문이다.

몸의 더러움을 씻어내는 행위의 목적이 같을지라도 샤워와 목욕은 분명한 차이가 있다. 샤워가 뿜어져 내리는 물줄기 아래에 서서 몸을 빠르게 씻어내는 결과 중심적 세신(洗身) 과정이라면, 목욕은 뜨거운 물에 몸을 담그고 느리지만 꼼꼼하게 온몸을 닦아내는 과정 중심적 세신 과정이라고 할 수 있다. 목적은 같지만 행함이 다른 것, 이것이 샤워와 목욕의 차이다.

"그럼 둘 중에서 어떻게 씻는 걸 더 좋아하세요?"
"그야 당연히, 무조건 목욕이죠!"

내게 목욕이란 몸을 씻어내는 과정 그 이상을 의미한다. 온전히 내게만 집중할 수 있는 시간이자 복잡한 마음을 쉬어갈 수 있는 시간, 누구와도 공유하고 싶지 않은 진짜 나 혼자만의 시간이다. 때문에 생각이 어지러울 때, 마음속 고민이 수북할 때, 지혜로운 판단과 현명한 선택이 필요할 때 홀로 긴긴 목욕을 한다.

오래전 일본의 어느 호텔에서 좌식 욕실이란 걸 처음 접했다. 사실 앉아서 씻을 수 있는 구조의 샤워 공간이야 우리나라 대중목욕탕에서도 흔하게 볼 수 있는 것이었지만, 집안에서 그런 구조의 욕실이 가능할 거라곤 상상하지 못했다. 들끓는 목욕탕 사랑으로 평생 대중목욕탕을 들락거렸음에도 '우리 집 욕실도 대중목욕탕 같았으면 좋겠다.'라는 생각을 단 한 번도 하지 않았다는 사실에 (나 자신에게) 적잖은 실망감까지 들었을 정도다. 그렇게 좌식 욕실에 대한 이상을 품었다.

이사를 준비하며 욕실 인테리어에 큰 공을 들였다. 머릿속에 그려온 좌식 욕실의 이상을 현실화하기로 한 것이다. 참고할 만한 시공 사례가 없어 대중목욕탕 답사는 당연했고, 일본으로 날아가 호텔 좌식 욕실을 직접 보고 이래저래 사용해보면서, 이것이 우리의 라이프스타일에 맞는 것인가를 다시금 깊이 고민했다. 그런 과정이 없었다면 결코 실행에 옮기지 못했을 좌식 욕실 인테리어. 그런 노력 과정이 더해져, 조금씩 원하는 것을 담은 우리 집만의 독특한 욕실이 그려지고 있었다.

제한된 욕실 크기에 맞춰 구조 변경을 통한 전체 레이아웃을 정하고 좌식 욕실에 필요한 세부적인 스펙들을 결정해나갔다. 이를

위한 가장 좋은 방법은 실제와 비슷한 환경을 만들어 직접 실험을 해보는 것. 종이박스로 대야 선반을 만들고 종이테이프로 욕조 크기만큼을 바닥에 표시해 씻는 과정을 가정해보길 수차례. 나와 브로의 생활습관과 신체 사이즈에 맞게 기능별 공간의 폭과 높이 그리고 깊이 등 욕실의 세부 사이즈가 정해졌다.

넉넉하진 않지만 모자랄 것도 없는 아담한 크기의 우리 집 욕실. 아담한 공간에 어울리는 작은 물건들로 욕실을 채웠다. 수전, 거울, 수건장, 수건걸이, 휴지걸이 대부분 보통의 가정에서 사용하는 것들보다 크기는 작아도, 공간을 넓게 보이게 하는 힘을 가진 것들이었다.

그렇게 공들여 '지극히 사적인 목욕탕'을 완성했다. 자타공인(?) 우리 집 명물이라 부를 수 있는 곳이다. 앉아서 씻을 수 있는 아담한 1인용 목욕 공간과 널찍한 타일 욕조가 맞붙어 있는 대중목욕탕 스타일의 프라이빗 작은 목욕탕이 그것이다.

누군가는 '너무 유난스럽다' 할지 모른다. 하지만 나는 사는(Buy) 집이 아닌 사는(Live) 집을 위해서라면 나와 내 가족의 이야기를 공간에 녹여낼 수 있어야 한다고 믿는다. 이야기가 있는 공간은 그 안에 머무르는 우리의 삶의 태도를 변화시킨다. 나아가 집을 대하는 자세와 집을 다루는 태도를 변화시킬 수도 있다. 어떤 공간에 머물며 살 것인지는 결국 우리의 선택일 수 밖에 없다.

'지극히 사적인 목욕탕'에서 목욕을 하며 오늘 하루를 마무리하려고 한다. 물속에 들어가 몸에 붙은 때를 불리고 바깥에 나와 불린 때를 박박 밀어낼 때 복잡했던 마음, 어지러웠던 생각, 속상했던 기분 모두를 벗겨낼 수 있길 바란다.

지극히 사적인 목욕탕 연중무휴, 24시간 절찬리 영업 중
냉장고 안에 바나나맛 우유 있습니다.

40

개
린
이
방

거실 벽면에 드리워진 가림막 커튼 뒤로 개린이 방이 숨어 있다. 우리 부부의 삶에 반려가 되어주는 흰눈이와 보들이의 방이다. 일주일 차이로 세상에 태어난 흰눈이와 보들이는 꼬물이 시절 개 엄마 품에서 떼어져 사람 엄마 품에 안겼다. 두 아이를 집으로 데려오던 길, 마침 내린 그날의 눈처럼 하얀 털을 가진 녀석에겐 흰눈이란 이름을, 유달리 보드라운 감촉의 털을 가진 녀석에겐 보들이란 이름을 지어주었다. 그렇게 우리는 한 가족이 되었다.

거실 어딘가 강아지 집을 놓아두고 강아지들에게 "이제부터 여기가 너희 집이야"라고 가르쳐주었다. 꽤 단호한 목소리로 "하우스!"를 외치면 집 안으로 쏙 들어가 동그란 눈을 껌뻑이며 한참을 기다리는 맹(?) 훈련도 곧잘 해냈다. 이 모든 것이 당연하다고 생각했던 때에는 말이다.

어느 날 문득 우리 입장에서 당연하다고 생각하는 많은 것이 강아지들 입장에서는 당연하지 않을 수도 있겠다는 생각이 들었다. 이를테면 강아지 집 같은 것들 말이다. 흰눈이와 보들이는 성견이 되고 난 후부터 한결같이 강아지 집 따위에 무심했다. 내가 애써 고른 강아지 집에 들어가지 않는 것이 못내 섭섭해 집 안에 과자를 놓아두기도 하고 연신 "여기 들어와 봐"를 사정해보기도 했지만 모두 소용없었다. 오히려 집을 커다란 장난감 인형이라 생각해 구멍을 내고 솜을 빼내면서 가지고 놀기 일쑤였다.

함께하는 시간이 조금 더 길어진 후, 흰눈이와 보들이가 생각하는 자신들의 집은 우리가 살고 있는 바로 '이 집' 전체라는 사실을 알게 됐다. 가르친 적도 없는데 너무도 당연하게 사람처럼 소파에서 쉬고 침대에서 자고 가끔은 방바닥에 누워 집의 안락을 누릴 줄 아는 사람 같은 개린이들이 되어 있었다. 이것이 더는 강아지 집이라 불리는 물건을 집에 들이지 않는 이유다.

지금 사는 집으로 이사를 오면서 흰눈이 보들이에게 강아지 집 대신 집의 공간 일부를 선물하기로 했다. 작은 집에서 발코니 공간을 포기한다는 것은 정말이지 큰 결심이 필요한 일이었지만, '슬기로운 반려 생활'을 위해 망설임 없이 안방 발코니를 개린이들에게 내어주었다. 넉넉한 공간은 아니었지만 나름대로 알차게 공간의 쓰임을 찾았다. 개린이들이 거실에서 오다니기 적당한 거리, 일광욕을 즐기기 충분한 채광, 바깥 세상을 구경하기 좋은 낮은 창문. 개린이들이 머물기에 꽤 괜찮은 조건이었다.

개린이 방 안쪽은 물을 쓸 수 있는 공간과 그렇지 못한 공간으

로 나뉘어 있다. 물을 쓸 수 있는 쪽은 커다란 배변판을 깔아 강아지 화장실로 사용하는데, 가끔 개린이들이 배변 실수를 하더라도 시원하게 물청소를 할 수 있어 마음 편하다. 나머지 공간 쪽은 푹신한 방석과 커다란 담요를 깔아두고 방으로 사용한다. 흰눈이가 보들이 몰래 그곳에서 개껌을 먹을 때 빼고 평소엔 사용하는 일이 거의 없지만, 우리가 외출을 할 때면 자연스레 엄마아빠를 기다리는 공간으로 사용한다.

이젠 우리가 외출 준비만 해도 미리부터 자기들 방에 들어가 자리를 잡고 앉아 있는 기특한 녀석들. 외출에 나설 때면 낮은 펜스를 달아 '여기는 너희들만의 안전한 공간이야'라는 사실을 다시금 알려준다. 그것만으로도 커다란 집에 홀로 남겨졌다는 불안감을 가라앉히고 잠을 자거나 놀고 있으면 엄마아빠가 곧 돌아올 거라는 믿음을 안겨줄 수 있기 때문이다.

외출에서 돌아오면 키가 큰 보들이가 펜스 위로 머리를 불쑥 내밀어 가장 먼저 우리를 반긴다. 펜스를 여는 순간 왜 이제서야 왔냐고 낑낑대며 달려와 반가움을 표시하는 개린이들. 그런데 방 안을 빼꼼히 살펴보니 역시나 인형 솜을 빼내어 신나게 논 흔적이 가득이다. 자연스럽게 옆구리가 터진 인형에 솜을 집어넣으며 생각

한다. 제발 인형 솜은 그만 좀 뺐으면 좋겠다고. 그리고 이내 또 생
각한다. 그래도 그런 너희들이 있어 마냥 행복하다고.

취향 살림을 '삶'니다

초판 1쇄 발행 2021년 10월 25일

지은이 서인경
펴낸이 이지은
펴낸곳 팜파스
진행 이진아
편집 정은아
디자인 타입타이포
마케팅 김민경, 김서희
인쇄 케이피알커뮤니케이션

출판등록 2002년 12월 30일 제10-2536호
주소 서울시 마포구 어울마당로5길 18 팜파스빌딩 2층
대표전화 02-335-3681　　**팩스** 02-335-3743
홈페이지 www.pampasbook.com | blog.naver.com/pampasbook
페이스북 www.facebook.com/pampasbook2018
인스타그램 www.instagram.com/pampasbook
이메일 pampas@pampasbook.com

값 16,000원
ISBN 979-11-7026-430-9 (03810)